鬼平梅安　江戸暮らし

池波正太郎

集英社文庫

鬼平梅安　江戸暮らし◉目次

一章　鬼平の花見

散歩……13
〔鬼平〕の花見……28
余裕ある時代の風俗……35
時代小説の食べもの……49
卵のスケッチ（A）……56

二章　江戸の味

〔江戸前〕ということばの本来は……65
上へ行くほど食べものはひどかった……70

江戸名亭〔八百善(やおぜん)〕のこと……75
饂飩(うどん)、蕎麦、そして天ぷら……80
鬼平の頃、握り鮨はまだなかった……85
池波正太郎流〔柱(はしら)めし〕……90
〔鯉(こい)料理〕あれこれ……95
本当にいい酒は冷酒(ひや)で飲む……99
むかしの船宿というものは……103
大石内蔵助は牛肉が好きだった……107
お女郎に教わった朝の一品〔浦里〕……111
「一切れの生胡瓜(なまきゅうり)にも涼を追い」……115

三章　梅安の暮らし

梅安の暮らしぶり……123
江戸の医者……130
江戸っ子と金……134
江戸の独り者……139
江戸の庶民の楽しみ……145
梅安の旅……151
遊郭の遊び……161
男の料理……167

池波正太郎略年譜……172
収録誌・単行本……183
巻末イラストエッセイ――矢吹申彦……184
編者解題――高丘卓……188

企画・編集協力＝スフィア
イラスト＝矢吹申彦
本文デザイン＝レッド

鬼平梅安　江戸暮らし

一章　鬼平の花見

散歩

四十余年もの間、フランス映画の第一線で活躍して来た老優ジャン・ギャバンが十年ほど前に、レジオン・ドヌール勲章をフランス政府から授与されたとき、ギャバンは折しも〔水門の男爵〕の撮影中であったが、エピーネ撮影所のセットの中で、お祝いのパーティが、ささやかにおこなわれた。

「もっと、盛大に……」

という声も大きかったのだが、ジャン・ギャバンは、

「いや、これは、ごく個人的な祝い事なのだから……」

と、辞退をし、若いころのギャバンを手塩にかけて育てたジュリアン・デュビビエ監督など、ごく親しい人びとのみを招き、なごやかなパーティだったという。

その席上で、ギャバンが、

「人間、欲を出したりしたらダメだね。いつまでも欲を捨てない人は不幸だよ。

ことに、女に目うつりをするのが、その中でも、いちばん不幸だね」

と、もらした。

ジャン・ギャバンは、若いころに、女優ガビ・バッセと結婚し、間もなく離婚。その後、レヴュー・ダンサーのドリアーヌと再婚したが、これまた別れ、十七年後の四十五歳になってから、ファッションモデルのドミニク・フールニエと結婚し、一男二女をもうけて今日に至った。三度目の正直で、ギャバンは、やっと糟糠の妻を得たことになる。

私は、彼が若いころに演じた〔白き処女地〕の純朴の猟師・フランソワから、兵士・労働者・盗賊の親分・ギャング・医学博士・探偵・刑事など、さまざまの役柄を一流のリアリティをもって演じつくし、近作〔暗黒街のふたり〕で白髪の保護司に扮した彼までを見つづけて来たが、なるほど、

「女に目うつりするのが、もっとも不幸……」

だと、さりげなく述懐したギャバンの言葉に、結婚に二度も失敗した彼の、過去の苦い経験が察せられて、苦笑を禁じ得なかった。他の俳優なら、これほどの共感は得られなかったろう。ギャバンなればこそである。むかしから彼の映画を見つづけ、彼の演技を愛しつづけてきたものなら、だれしも、そうおもうにちが

いない。

ところで……。

ジャン・ギャバンは、このときのパーティで、つぎのような言葉を吐いている。

「……役者は勲章をもらっても、まさか、胸にブラ下げて映画へ出るわけにはいかないしね。いままでと同じに、私の中身はすこしも変っちゃいませんよ。一週間に一度はカンシャクを起して女房子供にきらわれる男なんだ。ただ、私が勲章をもらえるようなことをしたと自分でおもえるのは、約束を破らなかったこと。金のない相手に金をくれといわなかったこと。酔っぱらわなかったこと。それに浮気をしなかったこと。あとは自分の商売を長くつづけて飽きがこなかった根気でしょうかね」

さらに、また、

「むずかしいことは、その道の商売人が考えてくれる。人間はね、今日のスープの味がどうだったとか、今日は三時間ばかり、一人きりになって、フラフラ歩いてみようとか……そんな他愛（たわい）のないことをしながら、自分の商売で食っていければ、それがいちばん、いいんだよ」

と、この最後の言葉が、私は大好きである。

散歩の醍醐味は、これにつきるのだ。

同じ散歩でも、

「今日はひとつ、一人きりでフラフラ歩いてみよう」

という散歩と、日課の散歩とでは、だいぶんにちがう。

私は、夜ふけから朝にかけて仕事をし、目ざめるのが正午近くなる。起きて、しばらくは頭も躰も、よく、はたらいてくれない。食事をしてから、家の近所を散歩するうちに、すこしずつ、頭もはっきりしてくるのである。

こういう状態の散歩だから、車輛の往来が激しい道は、まことに危険なのだ。

さいわいに、近くの商店街はアーケードがついていて、車輛の通行を禁止している。

その商店街を端から端まで歩き、帰宅すると、四、五十分にはなろうか。

このときの散歩中に、

「今日は、どの仕事からはじめようか……」

という気持が、しだいに、かたまってくるのだ。

週刊誌の小説にするか、または月刊誌の小説を、たとえ二、三枚でも書き出しておこうか……などと、その日の気分によって、仕事の種類をえらんでゆく。だから、原稿の締切りが迫っていては、ダメなのである。私は、そのように仕事をすすめているし、仕事によって、締切りの日の一カ月前を、

「自分自身の締切り……」

に、しておくこともある。

そして、今日やろうとする仕事が決まると、歩いているうちに、今日の仕事の分量だけのシチュエーションやシークエンスや、登場する人間たちの声などが、断片的に脳裡(のうり)へ浮びあがってくる。これが浮ばぬときは、別の小説に取りかかったほうがよいのである。

何も彼も、浮びあがって来ないときは、帰宅して着替えをし、外へ出て映画を見るとか、買物をするとか、気分を変えることにつとめる。こういうときの散歩は、それほどに、たのしいものではない。

散歩が、いちばん、たのしいときは、仕事のことを忘れてしまわなくてはならない。

ところで……。

商店街が私鉄の駅前に近づくと、書店がある。ここへは、かならず立ち寄る。

人間の眼というものは、昨日、同じ書店の棚を見ていて気づかなかった本を、今日、見出すことがあるのだ。そこにはやはり、昨日とちがった今日の神経がはたらいているのだろう。小説の資料などを探すときは、古書店へたのめばすむことだが、それ以外の、たとえば何年か先に書きたいとおもっている小説に関係した本が眼にとまるのも、根気よく、書店の棚を見てまわるからなのだ。我家の近くに古書店はないが、新刊書の棚を毎日ながめることによって、おもいがけない本を見出すことがある。たとえば私の小説とはまったく関係のない料理の本とか、医学書とか建築関係の本とか、または、釣の雑誌などから、意外の発見をして、それが自分の仕事にむすびついてくることが多いのだ。

書店を出てから、私は帰途につく。

そして、商店街から横道へ入ったところにある魚屋へ立ち寄るが、買物はしない。もしも夕飯に食べたい魚や貝類があれば、それを帰宅してから家人に告げておくのである。

いまは冬だから、日課の散歩は足でしているが、春から秋にかけて、自転車に乗り、すこし遠い商店街へも出かけて行く。自転車の場合は、車輛の多い大通りへも出るので緊張し、たちまちに目がさめる。

そのかわり、今日の仕事の段取りを考えてなぞいられない。どうも散歩は、自分の足でしたほうがよいようだ。

いずれにせよ、日課の散歩は、それほどたのしいものではない。

私の一日のはじまりでもあるし、それはまた、一日の苦痛のはじまりでもあるからだ。

私も十三の年に世の中へ出てから、いろいろな職業についたが、小説を書く仕事ほど辛いものはなかった。

一年のうちに、

「さあ、やるぞ！」

と、張り切って机に向える日は、十日もないだろう。

散歩が終って、帰宅し、郵便物を整理しているうちに来客がある。その応対をしていても、絶えず、夜から取りかかる仕事のことを考えている。

夕飯がすむ。晩酌に酔っていて、すぐにベッドへ入り、二時間ほど、ぐっすりとねむる。

目ざめてからも、なかなか仕事にかかれず、気が重いままに入浴をすませ、夜食をとり、それから万年筆を手に取る。

一枚、二枚と苦痛のうちに書きすすめるうち、すこしずつ、調子が出て来る。明け方までに十五枚書ければ、よいほうだろう。

一年に三度ほどは、散歩をしているうちに、つぎからつぎへと書くことが浮んできて、帰宅するなりペンをとって、日中から翌朝にかけ、六、七十枚を書いてしまうことがある。

その翌日は、もう、いけない。一枚も書けなくなっているが、しかし、二日三日は仕事をしないですむ。

そうしたときにこそ、私は、たっぷりと自分だけの散歩をたのしむことができるのだ。

それでも、私は、一週間のうちに、二日か三日は、半日の自由な時間をもつ。

それは映画の試写会へ出かける日なのだ。

いま、私は月刊S・G誌に映画のページをもっているので、洋画各社が試写の日を前もって知らせてくれる。だから、その日にそなえて仕事をすすめ、試写の当日は、いくぶん仕事を楽にしておくことができるからだ。

試写がある当日は、目ざめたとたんに、胸がわくわくしている。

これは少年のころから親しんでいる映画を観(み)ることが、たのしくてたまらないからだし、映画を観終ったあとの数時間の散歩のうれしさがそうさせるのであろう。

映画を観終って、このごろの私は、どうしても、自分が生まれ育った土地へ足が向いてしまう。

私は、浅草の聖天町に生まれ、昭和の大戦が終るまでは、浅草永住町で育った。

したがって、浅草と上野へ足が向くことが多い。

永住町は、浅草六区の盛り場と上野公園の中間にあり、双方の盛り場は、少年時代の私の遊び場所でもあった。

五十をこえると、やはり、故郷がなつかしくなるものなのだろうか……。

東京人に故郷はない、と、東京人自身が口にするけれども、私はそうでない。

私の故郷は誰がなんといっても浅草と上野なのである。

今年の夏の或る日。例によって浅草へ出た私は、並木の〔藪〕へ立ち寄り、酒を三本ほどのみ、蕎麦を食べてから、駒形橋へ行き、橋の中程で大川（隅田川）の川面をながめているうち、

「あっ……」

という間に、二時間がすぎてしまったことがある。

いったい、その二時間を、私は何を考えながら大川を見下(みおろ)していたのだろう。

いや、何も考えてはいなかった。

ただ、ぼんやりと川面を見ているうちに二時間がすぎてしまい、あたりに夕闇がたちこめているのに気づき、時計を見て愕然(がくぜん)としたのだ。

(こいつは、どうも、おれも耄碌(もうろく)したのではないか……?)

と、むしろ不安になったほど、そのときの二時間の時のながれが、いまもって、私にはわからない。私は十分か十五分、川面をながめていたにすぎないとおもっていたのだが、たしかに二時間がすぎていたのだ。

仕事のことも家族のことも何も彼(か)も忘れて、フラフラと歩む散歩の時間は、このようなふしぎさをたたえているものなのである。

そして、こうした散歩の後では、気分もほがらかになり、体調もよくなるものなのだ。

このごろは、浅草へ出る前に、柳橋(やなぎばし)へ立ち寄ることがある。柳橋の上に立ち、両国橋(りょうごくばし)をながめたり、西方から神田川(かんだがわ)が大川へそそぐ景観をたのしむ。

そそぐといっても、いまは濁った水がどんよりしているだけにすぎないのだが、江戸から明治・大正という時代を経て今日にいたるまで、このあたりの地形と、わずかに名残りをとどめている瀟洒な風俗が貴重におもえるからだ。

柳橋の花街も、いまは、むかしほどではないと聞く。

つい、二、三年ほど前までは、大川に面した座敷にいると、暗い川面の向うから船行燈をつけた小舟が近寄って来て、新内や声色を聞かせたものであった。

新内の三味線が川面に聞こえ、船行燈が夜の闇の中をすべって来るのをながめていると、それが、まぼろしのように感じられたものだ。

ということは、すでに、遊びの中にもこうした余裕が失われつつあったのである。果して、間もなく、大川辺りには〔護岸〕と称し、コンクリイトの堤が築かれ、川辺りの人びととの交流を絶ち切ってしまった。

護岸といっても、これは大川の悪臭が非難されたからに他ならない。

悪臭の源は放置したままで、今度は、大川辺りの上へ高速道路を架けてしまった。

当時は、いわゆる高度成長に狂奔しかけていたときで、都市の機能と人びとの生活にあらわれる歪を、政治家や役人が、みな〔泥縄式〕に処理してしまったのである。

だが、柳橋界隈の川面には、まだ、舟が浮んでいる。

ときには鷗の群れが羽をやすめていることもある。

川辺りの天ぷら屋へ上って、仕度ができるまで、神田川に面した小座敷で酒をのみながら待っていると、何やら船宿の二階にでもいるような気持になってくるのだ。

柳橋から歩いて浅草へ向う道は、車輛が渦を巻くように飛び走っているが、浅草へ近づくにつれ、その数が減ってゆく。吉原の廓が消え、六区の映画・演劇が滅亡しかけている、いまの浅草は、たしかに以前とくらべて、

「さびれた……」

と、いえよう。

つまり、浅草の夜が、さびれたのである。

だが、このあたりの人びとは、何度も災害を受けながら、土地からはなれない。昭和の大戦の空襲で焼野原になったのに、例年のごとく草市が立ち、四万六千日の行事がおこなわれた。

当時、私は山陰の海軍航空基地にいたが、このことを母の手紙で知ったときの心強さは一口にはいいがたい。それはやはり、浅草が故郷だったからであろう。

いまの浅草は、六区の盛り場に、ほとんど車輛を通さない。

したがって、のんびりと歩むことができる。

雷門（かみなりもん）の近くの細道に、小さな鮨屋（すしや）を見つけ出して、大酒のみの女の職人がにぎる鮨を食べたり、この店のうまい酒をたっぷりとのむのもこうしたときだ。

夜半から仕事をもつ私は、ちかごろ、あかるいうちに酒をのむことにしている。昼日中に赤い顔をして歩いていられるのも、浅草なればこそだ。

それから仲見世をぬけて、観音さまへ詣るわけだが、途中、江戸玩具の〔助六（すけろく）〕へ立ち寄ることもある。

この店の細工物は、いまの東京が誇る数少い逸品である。いまだに、江戸の雰囲気をつたえる細工物が息づいている。そうした職人が、まだいるのだ。

また、大川辺りの駒形堂の前で、しばらく佇（たたず）んでいることもある。〔江戸名所図会（えどめいしょずえ）〕に見られる、このあたりから雷門にかけての景観は、いかにすばらしいものだったろうか。

それを微（かす）かに偲（しの）ぶことができるのは、駒形堂が、むかしのままの場所に再建されているからなのである。

散歩中の、私の感慨は、老人が、むかしをなつかしがって繰言をいっているのではない。

江戸時代を背景にした小説を書いているから、知らず知らず、そうした想（おも）いにとらわれるのであろう。

それにまた、近年は、何故か、私の小説にも若い読者が増えた。

そういう若者たちが、私の小説の中の江戸の風物を知って、

「江戸時代の東京って、こんなに、すばらしかったのですか……」

驚嘆するのである。

いうまでもなく、私は、江戸を見たわけではない。

ただ、幼少のころから自分の目で見てきた、戦火に焼ける前までの東京の姿と風俗をたよりに、江戸時代の資料をふくらませているにすぎない。

それでも、若者たちは瞠目（どうもく）してしまう。

「戦前の東京には、蟬（せみ）が鳴いていた」

というと、信じられぬ顔つきになる。

「大通りを、馬や牛が荷車をひいて行き交っていた」

というと、

「まさか……？」

あきれたような顔つきになる。

「道を歩きながら、本を読んでいた」

というと、ふしぎそうな顔をする。

だからもう、明治時代はいうにおよばず、昭和二十年以前の東京も、まさしく、

「時代小説の世界……」

に、なってしまったのだ。

しかし、浅草のみならず「何も彼も忘れて、フラフラと三時間ほど歩いてみよう」という場所は、まだ探せば、東京にいくらも残っている。

そうした、自分が気に入った場所を一つでも二つでも探し出すことが、つまり〔散歩〕なのである。

「歩かぬと健康によくないから」

などという散歩は、私にとって散歩ではない。

いま、こころみに手もとの辞書をひいて見ると、

〔散歩――ぶらぶら歩きまわること。そぞろ歩き〕

とある。

これで、散歩と運動とは別のものであることを、私は再認識したわけだ。

〔鬼平〕の花見

今戸焼の筒形の花入れに、咲きそめた桜の一枝が挿しこまれてあった。

それを真中に置き、五人の男と一人の女が酒をくみかわしている。

四つほどの重箱には、軍鶏を酒と醬油で煮つけたものや、蕨の胡麻あえや、豆腐の木の芽田楽などが詰めてあり、大皿には鯛の刺身がもりつけてあった。

五人の男は、いずれも、火付盗賊改方の密偵である。

相模の彦十、舟形の宗平、大滝の五郎蔵、小房の粂八、伊三次の五人であった。

そうなれば、あとの一人の女が、女密偵のおまさであることはいうをまたない。

この六人、いずれも盗賊改方長官・長谷川平蔵が、もっとも信頼している密偵たちだ。

（中略）

おまさや宗平の手料理に加えて、粂八が生きのよい鯛を持って来た。みんな手分けして、酒の仕度をしたり、二階座敷をととのえたりした。

花入れの桜花は、伊三次が役宅を出て来るときに、裏庭から手折ってきたものである。

酒がすすむにつれ、話も弾んだ。話題は当然、彼らが盗めをしていたころのものになった。

六人は、いずれも本格の盗賊であった。

一、盗まれて難儀するものには、手を出さぬこと。

一、つとめするとき、人を殺傷せぬこと。

一、女を手ごめにせぬこと。

この三ヵ条が真の盗賊の金科玉条というもので、たまさかに仲間や頭が、このモラルを破ったことがあっても、ここへあつまった六人だけは、みずからの手で掟を汚したことが一度もない。

〔鬼平犯科帳・密偵たちの宴〕より

江戸の町の桜の名所といえば、いまもそうだけれども上野の山、それから飛鳥山。隅田川畔の桜は、寛政のころに植えつけられたのだね。飛鳥山は八代将軍・吉宗が植えさせたものなんだ。江戸の花見というのは、下町のね、長屋住まいの人たちがみんなで楽しんだものなんだ。落語に出てくる「長屋の花見」だな。棟割り長屋に暮らしていると、ふだんの生活に花がないでしょう。だから行くんだよ。

ちゃんと屋敷のある人は、たいてい庭に一本や二本、桜があった。昔からそこにあった木をそのまま庭に取り込んで家を建てる、そういうゆとりがあったわけだからね。名木、古木といわれる桜は、みんな一本桜だよ。〔鬼平犯科帳〕の一篇に〔本所・桜屋敷〕というのがあるだろう。桜屋敷、梅屋敷、あるいは桐屋敷、そういうふうに呼ばれる屋敷が至るところにあったんだ。牡丹屋敷とかね。

だから、それぞれ自分の屋敷で、庭に咲いた桜をながめながら静かに酒を酌む、それが長谷川平蔵のような武家の花見ですよ。ワーッと上野や飛鳥山へ繰り出して大騒ぎをするのは、もっぱら下町の長屋の連中。それから町家の人たち。町家の場合は、たとえ大きな商人でも、万事実用的にしなければならないからね。桜の木があっても、そこへ蔵を建てなければならないとかね。

見渡す限り桜、桜、桜というのは、それはそれできれいだけれども、おたがいに殺し合ってしまうでしょう。本当の桜の美しさは、たくさん群れ咲いているより、他の緑の木の間に一本だけ咲いている……そういうのが一番きれいだと思うんだよ、ぼくは。

隅田川の土手も、コンクリートの高い塀みたいにしちゃったから、いまは桜のみならず東京本来の町の風趣というものが台なしになってしまった。柳橋のあたりなんか護岸工事のために滅茶苦茶（めちゃくちゃ）だからね。船宿があって、新内流しが来て、昔はよかったんだよ。田舎から来た政治家や役人どもが、寄ってたかって東京をだめにしちゃった。自分の住み暮らした町じゃないから平気なんだ。とにかく浅草でも、大川端でも、深川（ふかがわ）でも、川と人びとの暮らしとは切っても切れない関係にあったわけだよ。船の情緒、水の情緒というものがなくなってしまった東京なんて、東京じゃないんだよ。それをねえ、川という川を埋め立てて、日本橋の上へ高速道路をつくったりするんだから、どうにもならない。

ぼくらは、子どもの頃、毎日のように花見をしたものだ。仲間を集めてね。子どものことだから酒を飲みやしないけれども、小遣いをためておいて、それで菓子やら何やら買ってさ、毎日のように行ったよ。

いまの花見は、花見というより宴会だろう。朝から当番の人が行って場所を確保して、埃（ほこり）だらけの中でドンチャン騒ぎをするんだろう。まあ、それも悪くはないでしょうけど、どうもねえ、ぼくは好きじゃないんだよ。〔密偵たちの宴〕のように、小座敷に一本（ひともと）の桜の花を飾って、それを囲んで語りあうというのが、かえって風流なんじゃないの。

ぼくはもう六十年も、毎年どこかで桜を観ているわけだが、桜の美しさが、ほんとうに胸の底の底まで染みとおってきたのは、ただの一回だけだ。昭和二十年、終戦の年の春。

当時、ぼくは横浜海軍航空隊にいた。すでにサイパン島はアメリカ軍の手に落ち、ルソン島も占領され、敗戦はだれの目にも明らかだった。東京空襲で、ぼくの浅草の家も焼けて失（な）くなってしまったしね。

それでも日本の春は、いつもと同じようにやって来た。磯子（いそご）の海に面した横浜航空隊のあちこちにある桜が、日ごとに咲いて行く、その生命（いのち）の勢いのすばらしさに胸が熱くなったよ。ある日、上官によばれて士官室（ガン・ルーム）へ行くと、従兵が「しばらく待っていてくれとのことです」というので、ガン・ルームの隅に立っていると、向こうの窓から、風に乗って桜の花びらが流れ込んできた。それがテーブルや白いカバーのかかった椅子の上へ、点々と散り落ちる。それを見ているうちにね、わけもなく泪がふきこぼれてくるのをどうしようもなかったよ。二十三のときだ。

あのときの桜の美しさというものは、毎年の桜の美しさとはまったく別のもの、という気がいまでもするね。「死」を身近に切実に感じるとき、人間の自然や風物に対する感覚は異常なまでにとぎすまされてくるんだよ。

京都の桜はいいね。町の中の桜もいいが、鞍馬山とか清滝なんかの「ぽつんぽつん」と咲いている桜がことに好きだな、ぼくは。近いところでは伊豆の「大仁ホテル」の桜、あれがなかなかいいよ。本館から昔ながらの離れ家の方へ行く、あの横に道があるだろう、あまり人の通らない。あそこに何本か桜があるんだ。非常にきれいだよ。離れ家にいるとね、桜の木は直接には見えなくて、どこからともなく花びらが座敷へ舞い込んでくる……これがいいんだよ。

東京だったら上野の寛永寺。江戸時代の寛永寺じゃなくて、いまの、十五代徳川慶喜が逼塞していた、あの寛永寺にね、大変に見事な桜の古木があるんだよ。八重桜で、桜の中では一番遅く咲いて一番遅く散る。この桜が好きで、よく観に行ったものだ。

夕方がいいんだよ。夕暮れどきの光の中に浮いている一本の桜花が実にいい。

明るいうちに、上野の山にある〔うぐいす亭〕で三色だんごを買っておいてね、これを持って、まず、池の端の〔藪〕で一杯飲んで蕎麦を食べる。そうしているうちに、ちょうどいい時間になるから、それから寛永寺へ出かけて行くわけだ。むろん、お茶を入れた魔法びんを持ってね。

夕暮れどきの、人の気配もない境内の、鐘楼のあたりへ坐り込んで、散りかかる八重桜をながめながら三色だんごを食べ、茶を飲む。これが、ぼくの花見だった。だけど、もう何年もやっていない。それというのも時代のせいか寛永寺、夕方になると門を閉めちゃうんだよ、このごろ。まあ、昼間は開いているからね、一度行ってごらんよ、寛永寺。だいたい四月二十日前後がいいよ。ウイスキーのポケットびん持ってさ、一人で行って静かに桜を観ながら飲んでる分には、だれの邪魔にもならないだろう。

（談）

余裕ある時代の風俗

「鬼平」長谷川平蔵を書きたいと思いはじめたのは、もうだいぶ以前のことで、新国劇(しんこくげき)の仕事をしていたころである。新国劇で芝居にしたいと思って調べたのだった。

その当時は、まだ私も若かったし、こうした江戸の世話物は四十すぎないと、浮わついてしまって、うまく書けないのではないか、そんな考えもあって、すぐには筆にはしなかった。

「鬼平犯科帳」の連載をはじめたときも、こんなに長く続けようと思っていたわけではなく、一年十二回ぐらいで、長谷川平蔵の一生を描きたいと思っていた。ところが、意外の好評を得て、連載を長く続けることになり、いまに至っている。

ところで主人公の長谷川平蔵は実在した歴史上の人物であるが、その事績に関しては、あまり、はっきりしたことはわからない。

『寛政重修諸家譜』や『武鑑』、その他の雑書のたぐいから拾ってみるぐらいのものである。

「長谷川平蔵宣以。明和五年十二月五日、はじめて浚明院殿（十代将軍・徳川家治）に拝謁し、安永二年九月、遺跡を継ぐ。（中略）天明四年十二月、西城御徒の頭に転じ、布衣を着する事をゆるさる。（中略）七年九月、盗賊追捕の役をつとめ、八年四月ゆるされ、十月二日より、また、このことを役す」

また、

「寛政二年、曽てうけたまわりし人足寄場の事、請入らるるにより、時服二領、黄金三枚を賜う」

これは『寛政重修諸家譜』に記載されているものの一部である。

ここに出てくる人足寄場というのは、犯罪者の更生施設のことで、幕府に長谷川平蔵が提案して採用され、佃島に設けられた。

彼の名が後世に残ったのは、なんといっても、このことによってであろう。

盗賊追捕の役、つまり火付盗賊改方長官として、どのような活躍をしたかという点になると、はっきりしたことは、ほとんどわからないといってよいだろう。

当時の雑書のたぐいに、葵小僧その他のエピソードが、二、三散見されるていどである。

しかし、火付盗賊改方が設置されたのは寛文のころであるから、ようやく世の中に、戦争のない時代、平和な時代がやってきたかわりに、浪人もふえ、犯罪者もふえるような時代になってきていたと考えられる。

また、制度の重層化もあり、町奉行所なども官僚化して、管轄範囲の問題などもあり、自由に活動がしにくいような面もでてきていたであろうし、また、町奉行所というのは、現在の都庁のような行政面も担当していたので、盗賊追捕にばかり気をとられても困るような面もあったのであろう。

そういう、さまざまな要請から、火付盗賊改方が設けられたのだが、当時、

「町奉行所は檜舞台、火付盗賊改メは乞食芝居」

と、世の人々に見られていたらしい。

ということは、予算的にも、町奉行所のほうが潤沢であり、逆に火付盗賊改方の長官などは、真面目に仕事をすればするほど、経済的には苦しくなるというような、あまり割りに合う仕事ではなかったということもあるからであろう。

火付盗賊改方は、若年寄の支配下にあり、先手組に属している。この先手組というのはいわば、将軍直属の先鋒隊で、いったん戦時になったときには、将軍の

馬前で戦う、いわば親衛隊である。

この先手組から火付盗賊改方を出すということは、その仕事の性質上、自由自在に活躍させるためと考えてもよいであろう。この役職は恒常的な組織ではなく、必要のない時代になると消え、また復活したりしているところを見ると、その設置じしんも、臨機応変であったようだ。

その規模は、それほど大きくなく、与力が十人前後、同心が三、四十人くらいであったようで、ここいらにも、その機動性を重視するようなところが見られるようだ。

さて、その主人公である「鬼平」についてだが、最初は、火付盗賊改方の長官としてのではなく、一人の人間の一生を描きたいと思っていたわけだから、「長官を主人公にしたという着想はきわめてユニークで、それがよかった」と人に言われることがあるが、結果的によかったかどうかは別としても、現在と、最初とでは、だいぶ私の気持は変ってきている。

ただ、現在では、長谷川平蔵の生いたちに関しての研究が、ある程度すすめられて、おぼろげなイメージをつかむことができる。

それによると、若き日の「鬼平」はなにやら私の若き日に似ているし、俳優・

松本幸四郎（八代目）の若き日にも似ているような気がする。テレビ放映のさい幸四郎氏に演じてもらいたいと思ったのは、そういうことがあったからである。

それにもまして、私の「鬼平」の風貌は、幸四郎氏にそっくりだったのである。

そういう点から考えてくると、私が「鬼平」を書いていることは、どうやら自分を書いていることになるのかも知れぬ。

また、これもよく人に聞かれることに、

「泥棒の世界を、どうして、あんなにくわしく知っているのですか。それに、一つの盗めに何年もかけて綿密な計画を練ったり、泥棒の三原則のようなものがあることなどを、どうして知っているのですか」

というのがある。

もちろん、私は、そんな世界をのぞいたことがあるわけではないが、実をいうと、戦前、私が株屋に勤めていた時の、私の友人のお客の一人に、泥棒を引退して、一度も捕ったりすることなしに隠居している人があった。そうとうお金を持っていて、悠々と暮しているその品の良い老人が、私にいろいろ話してくれたことが、そのヒントになっている。当時の私は、作家になるつもりもなかったから、聞き書きをとったわけではないが、ちょっとした話が、現在になって生きてきているわけだ。

たとえば、

「むかしは、五年がかりでやったものですよ」

というその老人の一言から発想が拡（ひろ）がるわけである。

五年かかるということは、どういうことをするのだろう。きっと内応者を作り、しかもその内応者も、狙った店の人に信用されるようにならなければいけない、というように考えがふくらみ、〈引込み〉というアイデアが生まれるわけである。火付盗賊改方を〈火盗（かとう）改メ〉と、よぶようにするとか、〈急ぎ盗（ばたらき）〉という造語を作るとかいうのは、みな、そういう発想のふくらみから生まれてくるものなのである。

こういうことをいうと、

「それでは、あなたの抽出（ひきだ）しのなかには、いろいろなメモがいっぱいあるのでしょう」

と聞かれる。

だが、まったくそういうことはない。発想とか、着想というのはふしぎなもので、散歩しているときとか、音楽を聞いているようなときに生まれてくるもので、私の場合そのきっかけは小説とはまったく無関係のようなものから、刺戟されてでてくるようである。

　仕掛人・藤枝梅安を着想したときを思い出してみても、そうだった。

　短編小説を書こうと思い、その素材の選択に迷っているとき、たまたま、アーティ・ショーの古いレコードをかけていた。曲は『ナイトメア』である。

　この男はインテリだったな、とか、エヴァ・ガードナーの最初の亭主だったな、とか、むかし雑誌などで読んだり、聞いたりした、アーティ・ショーの私生活やエピソードを、あれこれ思い浮かべているうちに、私の脳裡にふっと浮かんだのが、藤枝梅安の風貌だったわけである。むろん、梅安のイメージは、アーティ・ショーとは似ても似つかぬものだ。つまり、連想のはたらきが全く別のものをつくってゆくのである。

「おんなごろし」はそうして生まれ、第二作の「殺しの四人」が読者賞を受けたことから続けて書くことになったが、当初はこんなに長く書こうとは考えてもいなかったわけである。

　というようなわけで、着想、発想は瞬間的にやってくるものなのである。そのときは、

「これはものになるな」

という感じだけがまずやってくる。それはやはり、絶えずそのことを考え続けているから、そういう感じで生まれてくるのではあろうが、大袈裟（おおげさ）な言い方だが、それは、天佑神助（てんゆうしんじょ）としか言いようのないものだ。

私の師・長谷川伸が、よく、

「君ね、神の助けだよ、半分は」

と言っておられたけれど、ほんとうにその感じが、このごろはよくわかる。

これも、やはり過去につきあった人とか、さまざまな経験の蓄積が、そういう形にふくらんで出てくるものなのであろう。

小説を書くにあたっての、こまかい点にふれてみれば、私は〈衣食住〉は、人間の生きてゆくための三大要素であるから、なるべくきちんと書きたいと思っている。

それに、江戸時代では、食事や衣服について書くことは、そのまま季節を表現することにもなる。現代とちがって、冬には〈茄子（なす）〉はないものだし、きわめてはっきりと、食事に季節があらわれている時代であった。また、江戸の人がどんなものを食べていたのだろうか、という読者の興味もあることだろうと考えている。

　また衣服にしても、それを書くことによって、その人の社会的地位や、経済的条件などもわかるわけであり、公用なのか私用なのかさえも、いくらかはわかるのだから、重要なことだと思っている。

「その日の平蔵は、黒紋付の着流しで……」

といううぐらいは、最低限書いておかないと、気がすまない。

　当時の長谷川平蔵の私邸は、記録によると、目白台にあった。当時の人々は、自宅を役宅としていたらしいが、〈火盗改メ〉の長官の役宅が目白台では、当時としては、中央から遠すぎて、機動性の必要な役人としては、あまりにも不便であるので、小説の中では清水門外にあった幕府御料地に、役宅を設けることにしたのだが、その規模などは、四百石取りの旗本の邸の図面などを参考にして考えた。

　気を配るという点では、言葉遣いなども、その人、それぞれの出身地や、環境を背景に背負っているものだから、少しずつちがっているはずのものである。

　相模の彦十がよく使う、

「ごぜえやす」

というような言葉には、いくらか下卑た泥臭いものをふくめているわけで、江戸弁といっても、これはなかなかにむずかしい。

語尾に「やす」をつければ江戸弁らしくきこえるというのもおかしいし、私の場合は、〈テニヲハ〉をはっきりさせておくことにしている。

たとえば、

「ちがうのじゃぁありませんか」

とか、

「そうなんです」

というところを「ちがうのではありませんか・そうなのです」と、はっきり語らせるようにしている。

いずれにせよ、言葉は〈お国手形〉などといわれるほどのものだから、言葉の癖や訛（なまり）などを通して、それぞれの人間に味を出してみたいものだが、それはあくまでも小説の台詞（せりふ）でなくてはならぬ。作者が創り出さなくてはならぬものだ。

つまるところ、江戸の風俗を、なるべくわかりやすく描くために、そして、その時代に生きていた人の生活を描くためには、そういう細かいところを書かなくてはならない。そのためには、私などは、まだ勉強不足だと思っている。

ここまで、いろいろ述べて来たが、これは読者に喜んでもらえる良いもの、面白いものを書きたい気持から、私のいろいろと考えたことである。

ちかごろ、歴史小説と時代小説の相違はなにかという議論が、また出てきているが、私としては、良いもの、面白いものなら、区別など、どうでもいいではないかと思っている。

どうしても区別をしたいというのなら、大づかみに言って、歴史小説とは、歴史の資料を克明に調べて、その中から論断と観察を生み出すもの。また、時代小説とは、歴史を背景にしたフィクションだといっておいてもよいだろう。

だが、歴史を背景にする、とひとことで言っても、風俗も一つの歴史であり、そのころすしはなかった、とか、うなぎは、こうして食べたとかいうのも、一つの歴史であるのだから、強いて区分けすることもないのではないだろうか。

子母沢寛さんの『新選組始末記』も資料を中心として書かれてはいるが、そこには、氏自身の独自の観察、創造した観察が入っている。これは当然のことではあるが、それが後世の人には、全て資料であるかのように読まれてしまう。それは小説家として、むしろ、本懐とするところなのだ。

歴史小説であろうと、時代小説であろうと、良いものなら良いわけだし、どちらの手法で書くかということも、もちろん書く人の持ち味できまることだ。

それをむりやり分類したがるのは、あまり意味のないことで、最近の日本人の余裕のないところではないだろうか。

海音寺潮五郎さんは、『悪人列伝』や『武将列伝』の「あとがき」で、「この史伝は、いろいろな人に、いろいろに利用してもらうために書いたのだ」と書いていらっしゃるが、むかしは、歴史学者が研究の成果として発表したものは、資料として、誰が使っても良いという、おおらかな時代だった。しかし、最近は、世の中がうるさくなって、どうも、そうはいかないようだが、海音寺さんのように、学者の書いた資料は、誰が使ってもいいという、おおらかなことにはならないものだろうか。

そのほうが、世の中も、もっと余裕があって、よいのではないだろうか。

その〈おおらかさ〉や〈ゆとり〉のあった時代が江戸時代だったのではないだろうかと思う。あの時代は、政治家も、庶民も、泥棒にも、捕えるほうにも、それぞれの心に〈ゆとり〉があり、〈融通〉のついた時代だった。

そのような世の中で、ゆっくり、じっくりと、きれいな〈お盗め〉をする泥棒たちや、いったん腹がすわれば非情そのものだが、その裏には、ほんとうの意味で余裕のある〈火盗改メ〉たちの人間味は、やはり、その時代の産物なのである。

すでに述べた、あの泥棒を引退した、御隠居さんが、こう言ったことがある。

「なんと言ってみたところで、この世の中は泥棒と乞食でできているのだから……」

まさに至言だと思う。政治家にしても、実業家にしても、われわれにしたところで、この二つに入るというわけである。

私にとっては、泥棒と、それを捕える方の世界を描いているが、御隠居の言葉のように、これを、読まれる人それぞれの世界にふりむけて見て、読んで下さると、うれしい。そこに描かれている世界は、どこにでもある人びとの生活、人間のいとなみであることがわかってもらえるだろう。

「仕掛人は、あのころ〈新聞種〉になった、殺し屋から着想したのですか」

とか、

「当時の学生運動などからの影響がありますか」

などと、よく聞かれる。

これこそ、私がいちばん嬉しい〈問い〉なのだ。なぜなら、その立場、その立場の人がそれぞれの立場で、いろいろに読んでいてくれるということであるからだ。書かれている時代背景こそちがうが、そのようにして読んでいただけば、まさにその読者ひとり、ひとりの世界となっていく、そういう小説を書きたいと思っている。

これは「鬼平」ばかりでなく、仕掛人の梅安や彦次郎にも通じることだ。

「人間は良いことをしながら悪いことをし、悪いことをしながら良いことをしている」

という主題は、現代に生きている誰にでもあてはまると思う。

そのように、他の世界へのひろがりをふくむものにして行きたい。

そして、「鬼平」も「仕掛人」も、剣客商売の「秋山小兵衛父子」も、読者に愛され、読みつづけられているかぎり、読者とともに、書きつづけたいと考えている。

時代小説の食べもの

　現代は、冬の季節にも茄子や胡瓜が食べられるし、夏にも養殖による冬の魚介が膳にのぼる時代だから、日本の四季と食べものの関係が、人びとの心の内に居座らなくなってしまった。

　私が自分の時代小説の中へ、しばしば、食べものを出すのは、むかしの日本の季節感を出したかったからにほかならない。季節の移り変わりが、人びとの生活や言動、または事件に、物語に影響してくる態を描きたいのだ。

　ところが、読者の大半は、

「あなたの、あの小説に出て来る何々の料理は旨そうだ」

「ああしたものは、何処へ行けば食べられますか？」

などというのみで、季節については、あまり興味をもたぬようである。

　ことに、いまの都会の生活は、コンクリートと車輛の渦巻きの中で暮らしてい

るようなものだから、単に、

「暑い」

「寒い」

というだけで、四季それぞれに移り変わる微妙な感触が、生活から消えてしまったのは仕方もない。

むかしの人……たとえば、江戸時代の侍などは、自分の日記に食べもののことを丹念に記しており、そうした資料が、私どもの手にたまたま入ることがある。

以前に私が書いた〔同門の宴〕という小説で、中年の侍が二人、若いころの恋人たちに再会し、浅草の駒形堂の近くの〔和田平〕という鰻屋で、食事をする場面がある。

ここで私は、鰻のほかに、浅漬けの薄打ち、味噌漬けの茄子。それに山葵と煎酒をそえたしめ鯛を膳に出した。

これを読んだ知人が、

「山葵と煎酒でしめ鯛なんて、そんな懐石料理じみたものを、江戸のころの鰻屋で出すものだろうか？」

そういったけれども、これには根拠がある。

信州・松代十万石、真田家の藩士で植田左盛という人が、公用で主家の江戸屋敷へ出張して来て、友人にさそわれ、浅草寺へ参詣をした帰途に、駒形の鰻屋へ立ち寄り、酒食をしたときのことを日記に書いていて、そこにくだんのしめ鯛が出てくるのである。

中年の男たちが、むかしの女と、たのしく酒を酌みかわす場面ゆえ、鰻だけでは、ちょいとさびしくおもい、しめ鯛を出したのだ。

これは江戸時代も末のころになり、人びとの口もぜいたくになってきているわけだが、江戸時代も元禄のころまでは、侍の食膳も、まことにつつましいものだった。

近江・膳所六万石、本多家の重役の一人の夕飯の膳に出たものは、

——大根のなます。しいたけと豆腐の煮物。香の物に吸い物。

たったこれだけである。

けれども、この重役がわざわざ日記に書きとどめているところをみると、やはり、食べたものへの関心があったからにちがいない。

かの〔忠臣蔵〕で有名な大石内蔵助の晩酌の肴は、妻が手づくりの柚子味噌一

品のみだったそうな。

だが、大石内蔵助は中年になってから、たまさかに、近江から牛肉の味噌漬けを取り寄せ、これを金あみへのせ、焙(あぶ)って食べた。

牛肉は、現代でも高価だが、当時はさらに高かったろう。

日本における牛と馬は、

「人と同じ……」

であって、人の労働をたすけ、共にはたらくわけだから、この生きものの肉を食べるなどとは、

「とんでもない……」

ことだった。

内蔵助は、

「この牛の肉などを、せがれの主税(ちから)などに食べさせますと、精がつきすぎていけませぬ。ゆえにめったには食べさせませぬ」

などと、知人への手紙に、したためたりしている。

私の母方の曽祖母は、名を浜(はま)（祖母と同名）といい、若いころは摂州(せっしゅう)、尼ケ(あまが)

崎四万石、松平遠江守の奥女中をつとめ、殿さまの〔お袴たたみ〕が役目の一つだったというが、私が十一歳のころまで存命していてくれた。

私が、この曽祖母から受けた影響は非常に大きい。初老の男となったいま、それがひしひしと感じられる。

曽祖母は蕎麦が大好きで、私を連れて湯屋へ行った帰り途には、かならず、蕎麦屋へ立ち寄った。ちょっと竹町まで足をのばし、私の小学校の級友・山城一之助の父上がやっていた万盛庵という蕎麦屋へ入ることもあった。

近辺の蕎麦屋では、何といって、

「ここが、いちばんだよ」

と、曽祖母は万盛庵をほめた。

子供のころは、だれでもそうだろうが、蕎麦なんかよりも、ライスカレーかカツライスがいいにきまっているのだが、曽祖母は、

「生きものの肉を食べるなんて、ちかごろの人はどうかしている。いまにきっと、罰があたるよ。いいかえ、正太郎。お前だけは決して、獣肉なぞ食べなさるなよ」

私を、いましめた。

私が「そんなら、魚もいけないだろ。魚だって、生きものだもの」と、いうと、

「お前の、それがいけないくせだよ。すぐに理屈をいう」

曽祖母は、まじめ顔で、私を叱った。

外で喧嘩をして、殴られて、泣きながら帰って来ると曽祖母は私の木刀を取って来て、

「さ、これで敵を討ち取っておいで」

と、いう。

仕返しを果たして帰って来ると、近くの洋食屋でカツライスを奢ってくれた。

曽祖母が死病の床へついたとき、

「毎日、そうめんが食べたい」

というので、私は学校から帰ると、遊びに飛び出す前に、そうめんを茹で、汁をこしらえた。母や祖母がいそがしかったので、私は母から、つくり方を教わり、曽祖母が亡くなるまでつづけた。

可愛がっていた曽孫の、しかも小学生の私がつくるそうめんだけに、曽祖母は相好をくずしてよろこび、

「ごほうびだよ」

そのたびに、巾着の中から金五銭を出し、私によこしたものだ。
約五十年前の、夏の盛りのことだった。

卵のスケッチ(A)

私が子供のころは、あまり、卵に興味がなかった。卵などというものは、病気にでもなったときに食べるものと、親も子も、そうおもっていた。

もっとも、これは東京の下町の場合で、山手(やまのて)ではどうだったか知らない。おそらく山手の子供たちは、卵に親しんでいたろう。

下町の子も、生卵(なまたまご)へ醬油をたらし、これを炊きたての飯(めし)へかけて食べることだけは好んだし、たまさかに、母が町の食堂へ連れて行ってくれたとき、食べるオムライスは大歓迎だった。

卵といえば、こんなはなしが残っている。

かの〔忠臣蔵〕で有名な大石内蔵助も、討ち入りの夜の腹ごしらえに、生卵を熱い飯にかけて食べているのだ。

元禄十五年(西暦一七〇二年)十二月十四日は、いよいよ吉良(きら)邸へ討ち入る当日だった。この日は現代の一月二十日にあたる。

大石内蔵助・主税の父子は、日本橋・石町の小さな借家に住み暮らしていたが、十四日の夕暮れ前に石町の家を出て、日本橋・矢の倉の堀部弥兵衛・安兵衛父子の家へ向かった。

前日から降りしきっていた雪も、ようやくに小降りとなっている。

赤穂浪士四十余名のうち、三分の一ほどが、この夜、堀部父子の家へ集まることになっていたのである。

堀部家へ到着した大石内蔵助は、瑠璃紺緞子の着込みに鎖入りの股引をつけ、里小袖に火事羽織という討ち入りの身仕度にかかった。

そのとき、堀部安兵衛の親友で、学名も高い細井広沢が、生卵をたくさんに籠へ入れたのをたずさえ、激励にあらわれた。

細井広沢は書家としても名高く、剣術は堀部安兵衛と共に堀内道場で修行を積んだ人物で、内蔵助も心をゆるしていた。内蔵助は自分が書いた討ち入りの趣意書を広沢に見せ、文章にあやまちがないかどうかを尋ねているほどだ。

折しも、堀部父子の妻たちは台所へ入り、腹ごしらえのための飯を炊きはじめていたが、そこへ細井広沢が生卵を持って来たので、

「ちょうどよい」

用意した鴨の肉を焙って小さく切ったのへ、つけ汁をかけまわしておき、一方では大鉢へ生卵をたっぷりと割り込み、味をつけたものの中へ、鴨肉ときざんだ葱を入れ、これを炊きたての飯と共に出した。

このほかに、かち栗や昆布、鴨と菜の吸い物なども出したらしいが、内蔵助をはじめ一同は、何よりも鴨肉入り生卵をかけた温飯を大よろこびで食べたという。現代から約三百年ほど前の日本人が、生卵をこのようにして食べていたことがわかったのも、私が時代小説を書きはじめてからのことだ。いまも私は、大石内蔵助が食べたようにして間鴨と生卵を食べる。だれにでもできるし、なかなかにうまい。ただし、飯が、ほんとうの炊きたてでないと美味は減じてしまう。

鴨と生卵と温飯で腹ごしらえをした大石内蔵助は、亡き主君の浅野内匠頭・未亡人から拝領した頭巾をかぶり、討ち入り装束の上から合羽をつけ、

「寒いのう。冷えるのう」

背をまるめて、つぶやきながら、積雪を踏んで吉良上野介の屋敷へ向かったのだった。このとき雪は熄み、耿光たる月が雲間からあらわれた。

赤穂浪士が討ち入ったのは、翌十五日の午前二時前後だったろう。

卵といえば親子丼。これも、子供のころには食べたいとおもわなかった。それが、いまは親子丼を好むようになったについては、あの太平洋戦争の影響がないでもない。

むかし、横浜の弁天通りに〔スペリオ〕というカフエがあった。

さあ、そのころの横浜の、そして弁天通りの、こうしたカフエのことを、どのように表現したらよいだろう。

まるで、外国の港町に来ているようなおもいがした。

秋になると、弁天通りには霧がたちこめていて、外国の船員がパイプをくわえ、ペルシャ猫を抱いて歩いていたりした。カフエの女給さんたちも、東京では絶対に見かけない親切さがあり、モダンだった。

〔スペリオ〕の石川貞さんも、そうした女性のひとりだった。私が〔スペリオ〕へはじめて入ったのは、まだ、少年といってもよい齢のころで、鎌倉の鶴岡八幡宮へ友人と初詣に行った帰りにハマへ寄り、散歩するうちに〔スペリオ〕へ入った。

たしか、鰈のフライでワインをのんだようにおもう。女給たちは若い私たちをおもしろがって、いろいろとからかったりしながらも、親切にしてくれたものだ。

　こうして私は〔スペリオ〕へ行くようになったのだが、いよいよ太平洋戦争になると、私も海軍に召集された。

　そして、後に横浜航空隊へ配属されたのだが、東京は外出禁止となっている。そこで〔スペリオ〕へ行き、東京の家へ電話をかけさせてもらった。〔スペリオ〕は休業中だった。戦争のために、酒も食物もない時代となっていたのである。

〔スペリオ〕の扉を叩くと、おもいがけずに石川貞さんがあらわれ、

「あら、正ちゃん。その恰好、何？」

と、私の一等水兵の軍服を指した。

「わからないの。海軍にとられたんだよ」

「へえ……あんたなんか、海軍へ入ったら、いっぺんに死んじまうんじゃない」

と、口ではやっつけておきながら、私を中へ入れて電話をかけさせ、自分はすぐに台所へ飛び込み、貴重な鶏肉と卵と海苔で、私のために親子丼をこしらえてくれたのだ。

　そのうまさを、何にたとえたらよかったろう。おぼえず、泪ぐんで食べた。

　このことがなかったら、私は親子丼を食わずぎらいのままに通してしまったかも知れない。

　戦後に、石川貞さんは〔スペリオ〕のマダム（いま流行のママという、あまったれた言葉は貞さんにふさわしくない）となり、店を馬車道の近くへ移したが、数年後に郷里の長崎で急逝してしまった。

　その後、貞さんの下ではたらいていた野村君江さんがマダムとなり、ハマの〔スペリオ〕はいまも健在である。

　横浜へ行ったときは、かならず〔スペリオ〕へ立ち寄り、先代のマダムを、いまのマダムと共に偲ぶことにしている。

二章　江戸の味

〔江戸前〕ということばの本来は……

物の本に、

「江戸時代の深川は、イタリアのベニスに比較してもよいほどの水郷であった」

などと書かれている。現代の人たちにはとても信じられないだろうけどね。そういう人は、たとえば安藤広重の〔名所・江戸百景〕の中の、深川を描いた浮世絵を見るといいんだよ。広重の絵筆が表現した江戸の町というのは本物なんだ。戦前の深川を知っている人なら、それが実感としてわかる。

江戸湾、つまり東京湾の汐の香り、すっきりとした住民の気風、深川の町を縦横にめぐる堀川と運河の水の匂い……そうしたものがある程度、広重の世界をとどめていたからね。

いわゆる〔江戸前〕というのはね、東京湾には、隅田川、神田川、その他いろいろな川の水が流れ込んでいる。川の水は塩分が入っていない。その塩分が入っていない川の水と、塩分の入っている東京湾の水とが混じり合って、特殊な水質になっているわけだよ。当然、そこに棲息する魚介は、特殊ないい味がした。これが〔江戸前の味〕というわけ。むかしの話ですよ。いまは川がみんな汚れちゃって、海も汚れちゃっている。だから、江戸の前にある海……いまの東京湾では魚も貝も、みんなダメになってしまった。いまでは、本当の〔江戸前〕というのは望むべくもない。

たとえば同じ鮃にしても、千葉県の銚子の沖合で獲れたものと、江戸湾で獲れたものとでは、まったく味わいが違っていたんだ。

ぼくの〔市松小僧の女〕という芝居の大詰は、深川の黒江町の小間物屋の場面なんだが、そこへ出て来る魚屋に、

「こいつは銚子比目魚だが、ばかにできやせん。ここの旦那が好きだから持って来ました」

といわせているのも、そのためですよ。

それで、いま江戸前、江戸前というけれども、もうむかしのように味のいい魚も貝も獲れやしないじゃないか、それなのに江戸前という表現を使うのはおかしいと、こういうことをいう人がいる。理屈をいえばそういうことになる。結局、

江戸前……

「カニ買ってこォい」

金だらいに

渡りガニを二ツ三ツ

いま江戸前というのは、江戸風、東京風の料理ということですね。たとえば、江戸前鮨といえば、東京の握り方の鮨ということで納得すればいいわけで、格別、江戸前を使うことが気障りなことではないと思う。

ぼくらが子どもの頃でも、江戸前の魚介はずいぶん獲れた。まだまだ汚れていない海がすぐ身近にあったわけですよ。おじいさんに連れられて、鈴ケ森のあたりとか、品川のちょっと先とか、ああいうところへ汐干狩りに行ったものですよ。そういうとこで、カニも獲れるし、ハマグリ、アサリ、シジミはもちろんのこと、シャコね、ああいうものは下町では昼間、売りに来たものです。

あれは何ていうカニだったかな。あんまり大きくない……渡りガニか。それを昼間売りに来るから、おじいさんが、

「カニ買ってこォい」

というと、ぼくらが金だらいを持って行って、買って来て、塩ゆでにしたやつを食べたもんです、おやつに。うちのような錺職の、職人風情の家で三時にカニが食べられるということは、いかに安かったかということだね。

ぼくが株屋に入ったときが十三でしょう。入った年に、演舞場へ芝居を観に行ったら、演舞場の横の采女橋で、夕河岸が出てたんだよ。ハマグリだの、アサリ

だの、あるいはカニ、それこそ東京湾で獲れたばかりの江戸前の魚介を売っている夕河岸ね。

木箱を並べて、その上に板を置いて、そこへ魚や貝を乗せて売っているわけだ。マルセイユの港の魚売りと同じだよ。

演舞場のすぐ横に夕河岸が立つということは、築地から銀座の裏あたりには、それだけ人がたくさん住んでいたということです。だからこそ夕河岸が立つんですね。

小さな料理屋なんかも、みんなそこで仕入れて行く。銀座の古い酒場〔エスポワール〕の前にある〔富久むら〕というおでん屋、いま有名な店になっちゃって高いそうだけど、あそこのおやじが〔三越〕の裏に屋台で出ていた頃ですよ。その屋台の頃から、〔富久むら〕のおでんというのは有名だったんだから。たとえば、そういう連中も、その夕河岸へ買いに来たものなんだ。

上へ行くほど食べものはひどかった……

戦前までは、浅草なら浅草に住んでいる場合、一町内で全部用が足りてしまうわけだ。わざわざ他所(よそ)まで出て行かなくても。芝居小屋もあれば、映画館もある。支那料理屋がある。洋食屋がある。鮨屋がある。荒物屋、小間物屋、酒屋、味噌屋……全部あるわけで、町単位の自給自足というか、いまのフランスの田舎の町と同じことだよ。

江戸時代も当然そうだったということです。それで、江戸前の魚や貝などを、小さな居酒屋とか小料理屋で出したものです。〔シャコめし〕とか、貝柱の〔柱めし〕とかね。むかし懐かしいそういうものを今度、神田の〔花ぶさ〕で始めましたよ。混ぜ御飯や炊き込み御飯、いまはいろいろあるけど、〔シャコめし〕や〔柱めし〕はちょっと珍しいんじゃないか。

〔シャコめし〕というのは、牛蒡(ごぼう)の笹(ささ)がきとシャコを入れて炊き込んだもの。江戸時代の食べものの一つですよ。

時代考証的にいうと、たとえば長谷川平蔵が日常食べていたものというのは、町人よりひどいものです。よく吉原へ行って遊んだりしている町人に比べたらね。上の方へ行くほど、食べているものはひどくなる。大名なんか平蔵よりもひどい。

大名というものは、きれいな御殿に住んで、たくさんの召使いにかしずかれて、贅沢三昧に暮らしているように見えるけれども、それは大名としての体面を保つことであって、実生活そのものは非常に質素にしなければいけない。そういう体面を保つための金を浮かすために、自分自身の生活は極度に質素にしているのが大名なんです。

それが本当の大名というもので、贅沢大名で悪いことをして享楽にふけっている大名なんていうのは、まず徳川幕府二百五十年のうちに少数あるだけなんだから。あとの大名はみんな実に質素な暮らしをしていた。自分がそういうふうにしていないと、手本にならない。たとえば足袋なんかでも、一足の足袋を継いで継いで、もう継ぎどころがなくなるくらい継ぎだらけの足袋をはいていたわけですよ。それが殿様なんだよ。

封建時代の大名というと、みんな、お妾(めかけ)さんをたくさん抱えて、贅沢三昧しているると思う人が少なくないけれども、それは言語道断の間違い。いまの天皇陛下が質素なものを召し上がるのと同じですよ。

長谷川平蔵が日常食べるものだって、だから、きわめて質素なものなんだ。器物はそれなりに上等なものだけれども、内容そのものはね……。

ことに平蔵の場合は、火付盗賊改方という役目をつとめていて、役料は多少出るけれども、それだけではどうにもならない。自分の金で犯人を探索したりしなくてはならない。そういう仕事のための出費が多いから、日頃はなおさら質素にしている。

武士よりも町人、職人なんかの方が、食べるということについては、ずっと贅沢だったわけです。だから〔髪結新三(かみゆいしんざ)〕の舞台に出てくるように、三分(さんぶ)の初鰹(はつがつお)を買っちゃうんですよ。

当時、一両っていうと、現代の約二十万円だ。それを、三分といったら十何万円でしょう。それだけの大金をポンと出して初鰹の片身を買うんですもの。職人とか、ああいう連中というのは、そんなことをやっていたわけだ。旗本はそんなこと、ほとんどできない。金が自由にならないんだから。

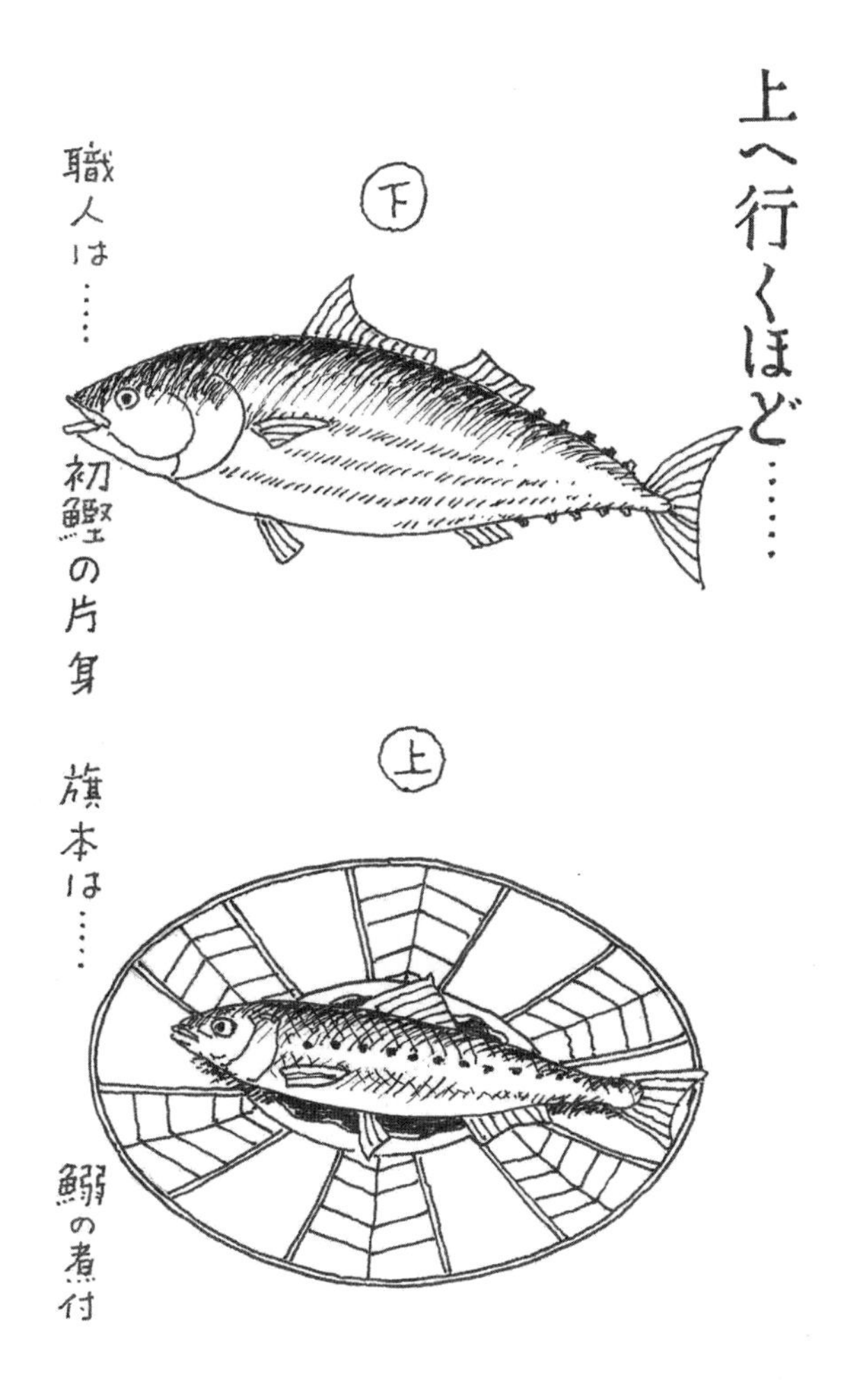

上へ行くほど……
下
上
職人は……
初鰹の片身
旗本は……
鰯の煮付

旗本の場合は、全部、用人を通じてでなくては金が使えない。用人が会計係なんだから。ぼくの小説〔男の秘図〕を読めばわかるように、筆一本、帳面一冊買いたくたって、いちいち用人や年寄に伺いを立てなきゃならないわけだからね。

だけど、武士とはいっても御家人になるとまた話は違う。三十俵二人扶持なんて、実際は町人も同じなんだから、博奕で稼いだ金で飲んだり食ったりするということもできる気楽な身分の、下っ端のほうの侍だったら、金が入ったときはいくらでも贅沢できる。

だから、その頃の料理屋というのは、客は町人が多いわけです。侍も身分の軽い御家人だったら、目黒不動へ参詣をしたときは筍飯でも何でも食べられるけど、百石以上の旗本の場合は、滅多なところには行けない。

平蔵のように特殊な役目についている者は、浪人姿で行けばどこでも入れるけれども、大名の家来とか大きな旗本の場合は、行く料理屋は決まってくる。

江戸名亭〔八百善〕のこと

江戸時代の料理屋の花形は、何といっても〔お留守居茶屋〕と呼ばれるものだ。大名家の江戸留守居役というのは、いわば各藩の外交官です。こういう職にある人びとが料理屋を使う場合、いろんな点で秘密が守れるとか、そういう条件の調ったところでないと困るわけだ。だから自然にいくつかの限られた店になる。

その頃の料理は、いまの会席料理と違って、「盛り込み」が多いんです。まず向付があってという、いわゆる会席のやりかたは、江戸では比較的新しいんだよ。〔八百善〕という有名な料理屋は、あまり大きくはないけど、とにかく江戸の名亭として鳴らしたものなんだ。そこの主人、四代目八百屋善四郎というのがなかなか頭の切れる男だったらしくて、文人墨客との交際も広く〔八百善〕の名を江戸中にとどろかせたわけです。

この〔八百善〕が出した料理啓蒙書に〔料理通〕というのがある。それを見るとね、だいたいが盛り込みなんだ。刺身なら刺身が大きな器で出て、それを取り分けて食べる。取り分けて食べるというのが江戸の、一応のやりかただったんだろうと思いますね。

それはむかしから、大きな広間で宴会をするときには、全部一人ひとり別々にお膳が出ますけど、七、八人か十人ぐらいで、くだけた宴会の場合は、盛り込みが多かったらしい。時代とともにだんだん茶懐石というものが普及して、その懐石料理というのが会席と名を変えて、江戸でもひろまって行ったんだ。

そういう会席料理になってから、向付だ、何だという一人ずつ全部別々の出しかたになったわけです。

〔料理通〕という本はなかなか面白いよ。料理そのものについて知るところも多いけど、それにもましてこの本に推薦文や挿絵を寄せている芸術家たちの顔ぶれが凄い。酒井抱一や谷文晁が絵を描いているし、蜀山人の狂歌が入っているしね。

蜀山人の狂歌の一つに、こういうのがある。

詩は詩仏　書は鵬斎に狂歌俺　芸者小勝に料理八百善

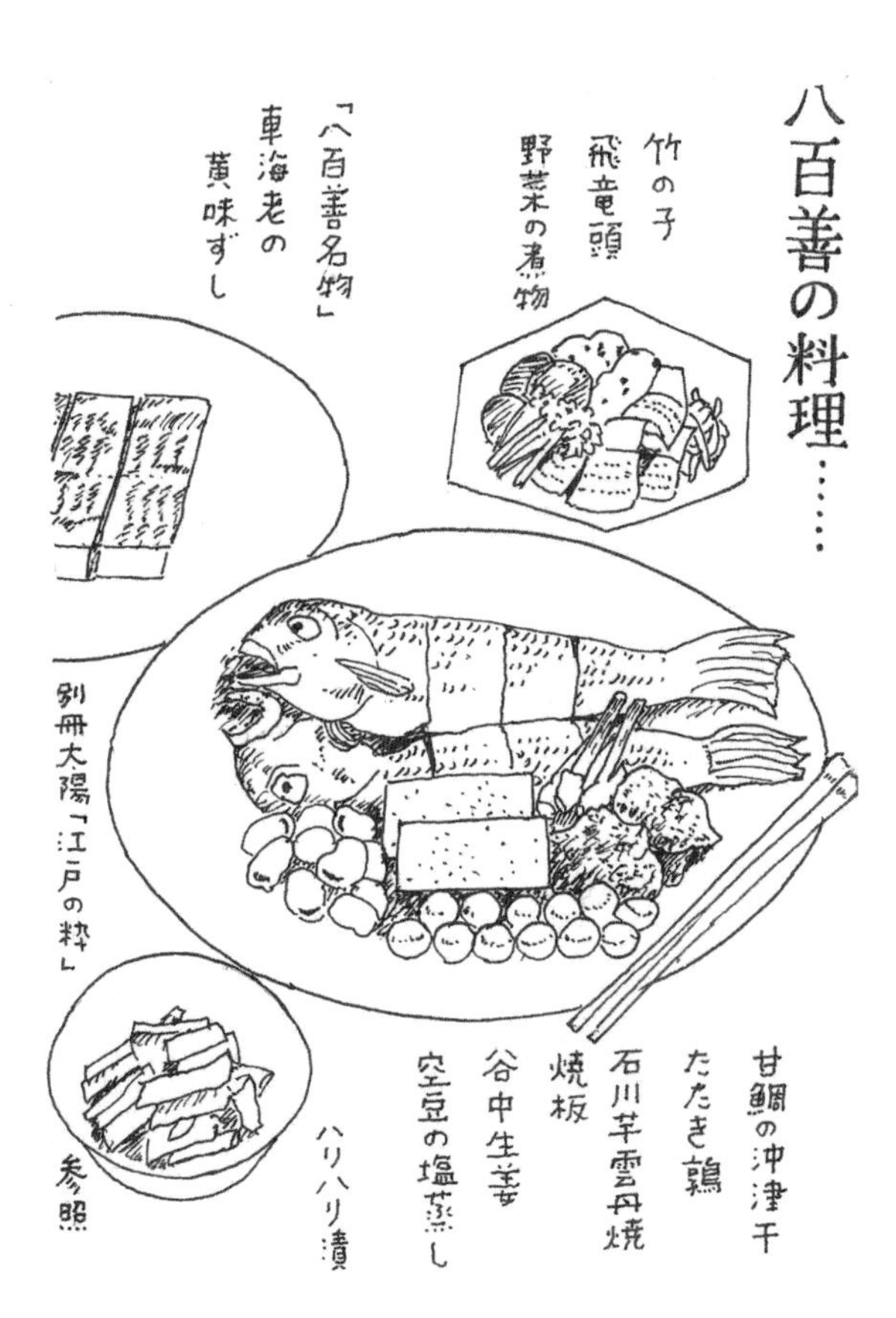
八百善の料理……
竹の子
飛竜頭
野菜の煮物
「八百善名物」
車海老の
黄味ずし
甘鯛の沖津干
たたき鶏
石川芋雲丹焼
焼板
谷中生姜
空豆の塩蒸し
ハリハリ漬
別冊太陽「江戸の粋」参照

いずれもその頃一流の人気者を詠み込んだ歌で、それほどに〔八百善〕の評判は高かったということですね。

ぼくは一度、〔八百善料理〕というものを試食したことがある。もちろん、むかしのテキストに従って、現代の料理研究家が再現したものですけどね。

鮃の刺身を食べさせるのに、岩茸(いわたけ)を付け合わせにして、醤油じゃなくて煎酒というものを使っているんだよ。これが実によく合っていて感心しましたね。

煎酒というのは、そのときに聞いた話だけれども、本当は古くなった酒を使ってつくるそうだ。酒一升に対して、大きな梅干し二十粒ぐらいを入れて、土鍋で煮つめて、そこへ今度は鰹節(かつおぶし)を削ったものと塩を少し入れて、さらに七合ぐらいまで煮つめる。それを漉(こ)したものが煎酒なんですって。

そういうふうに手をかけて、いろいろと工夫をしていたわけで、それは味も素晴らしかったに違いないけれども、値段もバカ高かったというね。大名もときどきお忍びで来るし、旗本は来るし、金持ちの町人は来るし……とにかく金をたくさん持ってるやつでなきゃ行けないわけだ。だから〔八百善〕へ行くということが、一つの見栄(みえ)だったんでしょうね。

幕末にアメリカのペリーが来航したときの話だけど、どんなものを食べさせたらよいかというので、幕府がいろいろと頭を悩ましたんだよ。それで結局、〔八百善〕と、もう一店、これも有名な料亭〔百川(ももかわ)〕とが協力をして、饗応(きようおう)の膳部を調えることになった。

そのときの献立を見ると、デザートとして、柿をむいてみりんをかけまわしたものが出ているわけです。これはちょっといいなと思って、〔鬼平犯科帳〕の中でも使ったよ。

饂飩、蕎麦、そして天ぷら

饂飩は関西が本場かもしれないけど、元禄時代からもう江戸にもありましたよ、蕎麦と一緒に。ただ、東京の人はあんまり饂飩の嗜好がないかもしれないな、蕎麦ほどには。

また、東京の塩っ辛い汁で食べたら、饂飩というのはそれほどうまいとはいえないんだよ。これはやはり、関西の薄味の汁のほうがいいんだ。

だけど、東京の人が京都へ行って饂飩を食べると、

「お醬油ないか……」

っていうからね、女でも。東京育ちの人はそういいますよ。塩っ辛い饂飩も悪かないんだからね。一所懸命、土でも掘って汗を流して、そのあと饂飩屋へ行って塩っ辛い饂飩を食べたら、これはうまいんだよ。だから、関東が塩辛くてだめだとか、京都でなくてはというのはバカなんですよ。それぞれにいいものなんだ。

蕎麦というと、いまは天ぷら蕎麦なんかがもてはやされているけれども、元禄時代にはそういうものはなかった。柚子切とか、胡麻切とかはあってもね。いまは、逆にこういうものがなくなっちゃった。

神田の〔まつや〕へ行くと、頼めば柚子切をやってくれます。一人じゃちょっと無理だけど、人数がまとまればね。柚子を入れて打った蕎麦、なかなかいいものだよ。

天ぷら蕎麦というのは、ずっと後になってから生まれた。天ぷらが一般化してからのことだからね。徳川家康（いえやす）が鯛の天ぷらを食べて、それが原因（もと）で病気になって死んだといわれている。だから、あの頃からあったわけだけれども、それが一般の人たちの食べものになるまでには、やはり、ずいぶん年月がかかっている。

家康の頃の天ぷらというのは、恐らく衣つけて揚げたんじゃないと思うんだよ。空（から）揚げだろうと思う。ただ、材料を油の中に入れるだけでね。衣をつけて揚げるようになったということが、一つ新しい時代を物語っているわけです。

というのは、衣というのは結局、小麦粉でしょう。そういう余剰生産ができるようになるまでは駄目で、戦争がなくなって百年か百二十年か経（た）たないと、そういうふうになって行かないわけなんだよ。

平和が続けば続くほど、現代と同じようにいろんなものが出てくるわけで、天ぷら蕎麦ができたのも、ちょうど鬼平の頃なんだ。たちまち大流行したんだけど、まだ当時はエビなんか揚げないね。貝柱のかき揚げですよ。

で、天ぷら専門の大きな、いい店なんてない。みんな屋台だ。天ぷらというのは下賤な食いものとされていたんだから。天ぷらが上等になって高級天ぷら屋が生まれたのは、明治、いや大正になってからだろうねえ。

魚介そのものがだんだん高くもなってきたし、天ぷら自体は非常にうまいものだから、どんどん高級にして食べさせる考えかたが出てきて、高級天ぷら屋になったわけだけれども、むかしは、さっきも話したように、一般の庶民の家で三時にカニを売りに来れば毎日食べられるという時代だったから、天ぷらも安い庶民の食べものだった。天ぷらの材料なんて、ごく安い魚が多いわけだからね。

鬼平の時代に、今日のわれわれがきょうはちょっと張り込んで鰻を食べよう、ステーキを食べようというような感じで、贅沢をするとすれば、それは刺身ですね。鰹の刺身なり、鮪の刺身なり、あるいは鮃の刺身なり……そのときの旬のものを刺身で食べるのが、まず庶民の一番の贅沢だったでしょう。

むかしは、鮪なんて赤いところしか食べなかったんだよ。いまでこそトロを珍

饂飩、蕎麦、天ぷら……

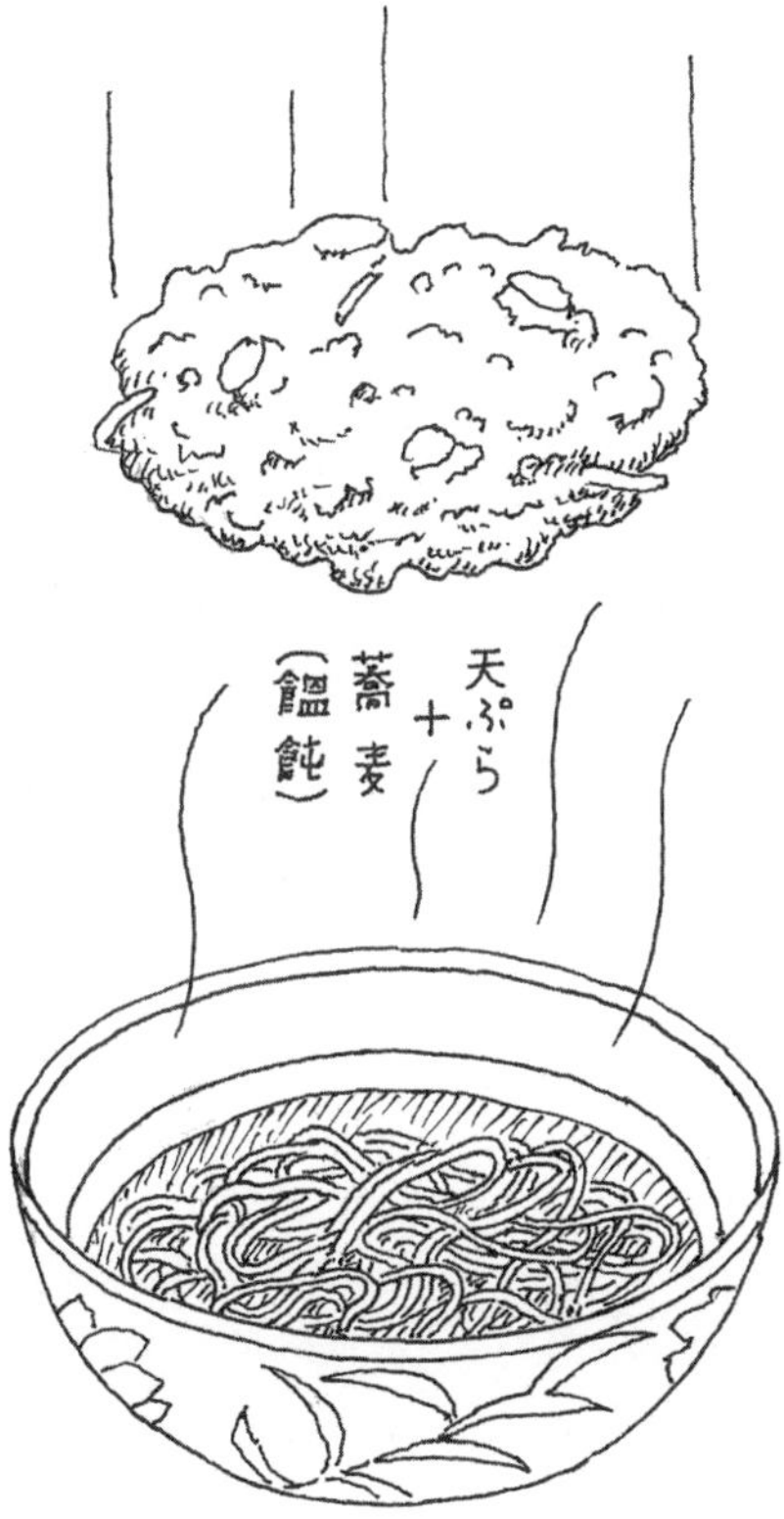

天ぷら
＋
蕎麦
（饂飩）

貝柱のかき揚げを

重するけど、江戸時代は樽(たる)へ捨てちゃったんだから。だれもトロなんて見向きもしないで、捨てるのに困ったものなんだ。

鬼平の頃、握り鮨はまだなかった……

〔鬼平犯科帳〕には、鮨というのは出て来ない。というのは、当時すでに鮨はあったけど、いまでいう握り鮨のようなものはなかったから書かない。

いまのような鮨はもっと後ですよ。あの頃は油揚げの、いわゆる〔お稲荷さん〕。その後で小鰭の鮨が出て来る。鬼平の頃よりかちょっと後になる。この小鰭鮨というのは白木の鮨箱をかついで粋な恰好で売りに来たものです。

鮨がいまのようなかたちになったのは、やはり〔与兵衛鮨〕からでしょうね。約百五十年前の文政年間に、両国に、〔与兵衛鮨〕が生まれた。これが今日の握り鮨の起源です。

――与兵衛は握り鮨の元祖で「鯛ひらめいつも風味は与兵衛ずし、買手は店に待つて折詰」「こみあひて待ちくたびれる与兵衛ずし、客ももろとも手を握りけり」などと詠まれているが、初代与兵衛が初めて本所横網に開店したのは文化七年（一八一〇）で、握り鮨の創始は文化末年もしくは文政の初期というから、もとはやはり押し鮨であったに違いなく、魚肉を細かく砕いた「おぼろ鮨」を作って呼物にしたのも同人だというから、よほど創意に富んだらしく、屋号の「花屋」よりも与兵衛の名の方が通りよくなった――
と、本山荻舟（もとやまてきしゅう）の〔飲食事典〕にある。

それまでは屋台の安い食べものだった鮨を高級にして、お座敷で品よく食べさせるというのは与兵衛が始めたわけですよ。いま、京都の〔松鮨〕あたりで先代がいろいろ考えて工夫している鮨、手のかかる細工の鮨ね、それと似たようなものを与兵衛がやっていますよ。

むかしの鮨屋というのは、いまのように付台の前で食べることはなかった。ぼくらの子どもの頃もそうですよ。みんなテーブルで食べたものです。それにいまみたいにガラスのケースの中に材料を並べておくということもなかったんだ。きょうは何があるかというのは全部、職人まかせなんだよ。

初めての鮨屋へ行くのはこわいというんだけれども、テーブルさえあれば、ちっともこわくない。テーブルに坐って、一人前くださいといえば、いくらも取られない。その代わりこっちも好みのものはいえないわけだ。一人前全部トロばか

握り鮨……

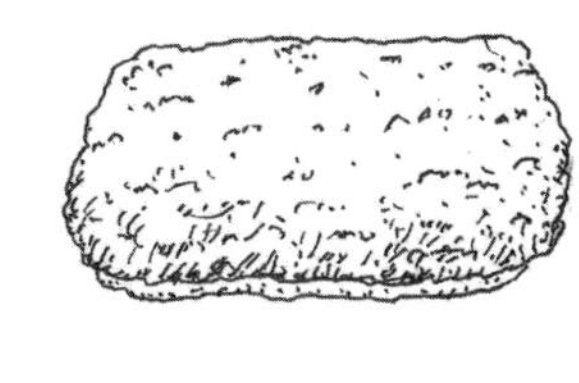

お稲荷さん

↓

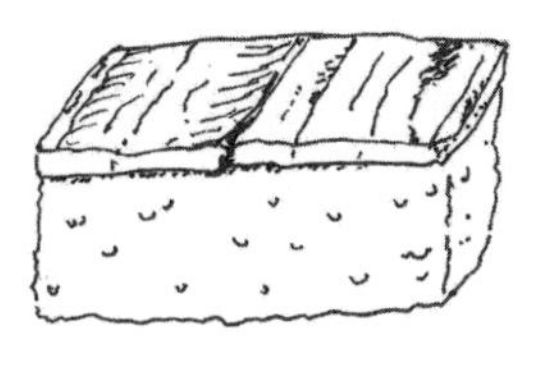

押し鮨

↓

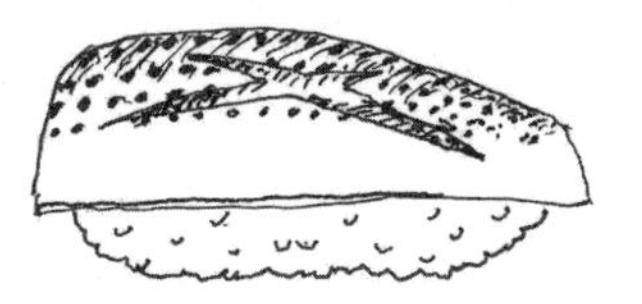

握り鮨

りというわけにいかない。向こうが塩梅してくれるものを食べて、その中でうまかったものを追加すればいい。また、そういう客には、本当の鮨屋はよくしてくれる。

　ぼくらが株屋の小僧時代には、夜中に稲荷鮨を売りに来たね。夜食に買って食べたよ。まだ、ろくに小遣いもない時分にね。いまの稲荷鮨なんか問題にならない。うまいですよ、それは。米がいいし、油揚げいいし、醤油がいいんだから。独特の呼び声を掛けて売りに来るんだよ。そうすると、住込みの店員がみんな二階からざるを降ろして、そこへ稲荷鮨を入れてもらって、スーッと引き上げるわけだ。稲荷鮨っていうのは明けがた近くまで売っているんだよ。場所によってね。

　それは溝口健二監督の映画〔残菊物語〕を観ればわかる。だいたい夏の午前三時頃、六代目菊五郎が赤ん坊で、乳母のお徳があまり暑くて赤ん坊が泣くものだから抱いてね、築地の河岸のところへ涼みに出る。そこへ菊之助が帰って来るときに、

「いなァりさん……」

という呼び声が聞こえるんだよ。

むかしは明けがたまで、何かしら働く人がいたりして、いろいろな商売が夜っぴてあったわけです。

いまは両国の川開きに花火を見に行ったって、帰りに一杯飲もうったって、なんにもなくなっちゃうんだから……あんなものだけやったってしようがない、風俗にも文化にもならないと思うね。

池波正太郎流〔柱(はしら)めし〕

「鬼平は、ずいぶんお粥(かゆ)が好きですねえ」

といった人がある。朝御飯にしょっちゅうお粥を食べているというんだよ。あれは結局、作者であるぼく自身が好きだから（笑）……。

葱入りの煎り玉子というのもそうなんだ。それはぼくが食べているものだから小説の中でも使っているわけだけれども、煎り玉子そのものは江戸時代からあるんだから、そこへ葱が入ってもおかしくない。むしろ、当然のことなんだ。

だいたい自分が普段やっていることを時代小説の食べものに使っているんですよ、ぼくの場合。ただ、いまあっても鬼平の時代になかったもの、というのがある。

たとえば、白菜なんていうのはないだろう。白菜は明治になってからですよ。玉葱もね。だから、そういうことは気をつけなければいけないけど、全部一応、江戸時代の料理の本で調べて、書いておかしくないと思えば、その通りに書くわけだ。

白菜なんて日本的な野菜でしょう、いかにも。それで、つい、江戸時代からあるように感じちゃう。日本の地つきの野菜みたいにね。だけどそうじゃないわけだ。

日本の場合、江戸時代にあって、いまはないっていうものは、材料的にはあまりない。ただし、味そのものは全然違っているだろうし、料理のしかたも現代の家庭でするそれとは恐らく違うでしょうね。

むかしは手軽に味わえたのが、いまはなかなか……というものは少なくないだろうと思う。前に話した〔シャコめし〕とか〔柱めし〕なんかそのいい例ですよ。いまはシャコなんて高いからねえ。

〔柱めし〕なら、やろうと思えば自分の家でも簡単にできるよ。そんなに高かないよ。御飯をうんと熱く炊いてもらって、醬油を別の小皿に入れて、その醬油に少量の酒を落として混ぜておく。熱い御飯の上に味の素を振りかけておいて、小皿の醬油に貝柱を漬け込んで山葵を入れる。それを熱い御飯の上に乗せ、箸で、ざっくりとかきまわして、ちょっと蓋をしておくんだよ。蓋を取って、食べる寸前に揉み海苔を振りかければ、〔柱めし〕になる。

生鰹というのは、このごろはほとんど見ないけど、本当に新鮮な生鰹節というのはうまいものなんだ。ぼく自身はあんまり好きでもないんだけどね。うちの母なんかお惣菜によく使いましたよ。

魚屋に、いい生鰹があったら取っといてくれって頼んどいたら、この間、持って来た。それで久し振りで、うちでやってみたが、そんなにまずくなかった。ちょっと甘酢のようなものに胡瓜を合わせて食べるとか、濃い味噌汁に入れて食べるとかするんだけどね。

ぼくが株屋にいた時分、ぼくを可愛がってくれた他の店のおじいさんの外交さんは、この生鰹が好きで、よく食べていました。このおじいさんが若いお嫁さんをもらって、ぼくが遊びに行ったとき、そのお嫁さんが山の芋を一所懸命摺り鉢で摺っているから、

「何ができますか、それで……」

って訊いたら、

「芋酒なんですよ」

って、真っ赤になったんだよ（笑）。

柱めし（正太郎流）

貝柱＋山葵＋
醤油＋酒

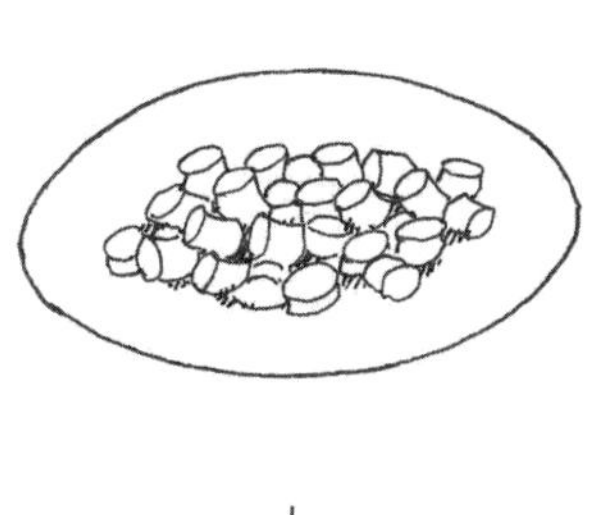

熱い御飯の上にのせて
揉み海苔をかけて

おかしいなァと思って、芋酒なんてそんなもの、おいしかないでしょうといったら、おじいさんがいうには、

「いや、正ちゃん、そうじゃないんだよ。若い嫁をもらうと、これが効くんだ」

それで、やっと、ぼくもわかったわけだ。

で、時代小説を書くようになってから、江戸時代の食べものをいろいろ調べてみると、芋酒を居酒屋で出しているんだね。それを看板にしていた居酒屋がある。それほどいいんでしょうね。

だけど、これは、ぼくはやったことはないんだ。あんまりうまいものじゃないんだろうと思う。練り酒とはいうものの、まあ、薬のようなものでしょう。ねばねばした感じが何となく精力剤として効くように思ったんじゃないか（笑）。

〔鯉料理〕あれこれ

平蔵の時代、鯉料理というのはあちこちにあったと思う。織田信長の時代から、鯉というものは非常によく使われているわけですからね。天正十年（一五八二）五月十五日、天下統一を目前にした織田信長は、三河の徳川家康を安土に招いている。このときの饗応役に命ぜられたのが明智光秀なんだ。だけど、信長の怒りを買って、途中で任を解かれている。光秀としてはきわめて不面目なことになったわけで、それが謀叛の原因の一つと伝えられているけど、本当のところはわかりません。光秀自身でさえ思いもかけなかった激しいものが、突如として胸の奥から衝き上げて来たんだからね。

で、このときの安土での大饗宴の献立というのが記録に残っているんだ。それはもう大変なご馳走なんだけど、その中にも〔鯉の汁〕が一品、入っていますよ。

鯉という魚は日本の風土に合うんだね。飼育しやすい魚であることから、生簀で飼ってどんどんふやして行くことができるわけだ。だから、専門の鯉料理屋なんていうのもできるわけですよ。

この間、木曽の妻籠の〔生駒屋〕っていう、むかしのままの旅籠のあれを残しているところに泊まったら〔鯉の洗い〕が出た。これがうまいんだなあ。とにかく木曽の清冽きわまりない水の生簀で生かしてあるからね。

鯉は〔洗い〕とか、〔鯉こく〕とか、あるいは〔飴炊き〕のようなものが主になっているけれども、鯉というものは肝もうまいし、眼玉もうまいし、いろんなところがうまいんで、いろんな料理法がある。鯉の〔塩焼き〕なんて実にうまいものですよ。〔皮の吸物〕とか〔皮の酢の物〕とか、ずいぶん鯉料理にはバリエーションがあるんだ。

そういう江戸時代の鯉料理の伝統を残しているのは、まあ他にも店があるだろうけれども、三重県の多度神社の門前町にある〔大黒屋〕でしょうね。ここは八代将軍・吉宗の頃から続いている鯉料理屋です。本当にむかしと同じような鯉料理を食べさせる。

多度神社の本宮は天津彦根命といって、天照大神のお子さんだそうだよ。伊勢神宮と並ぶ大神宮で、東京ではあまり知られていませんが、向こうでは名高い

鯉料理……

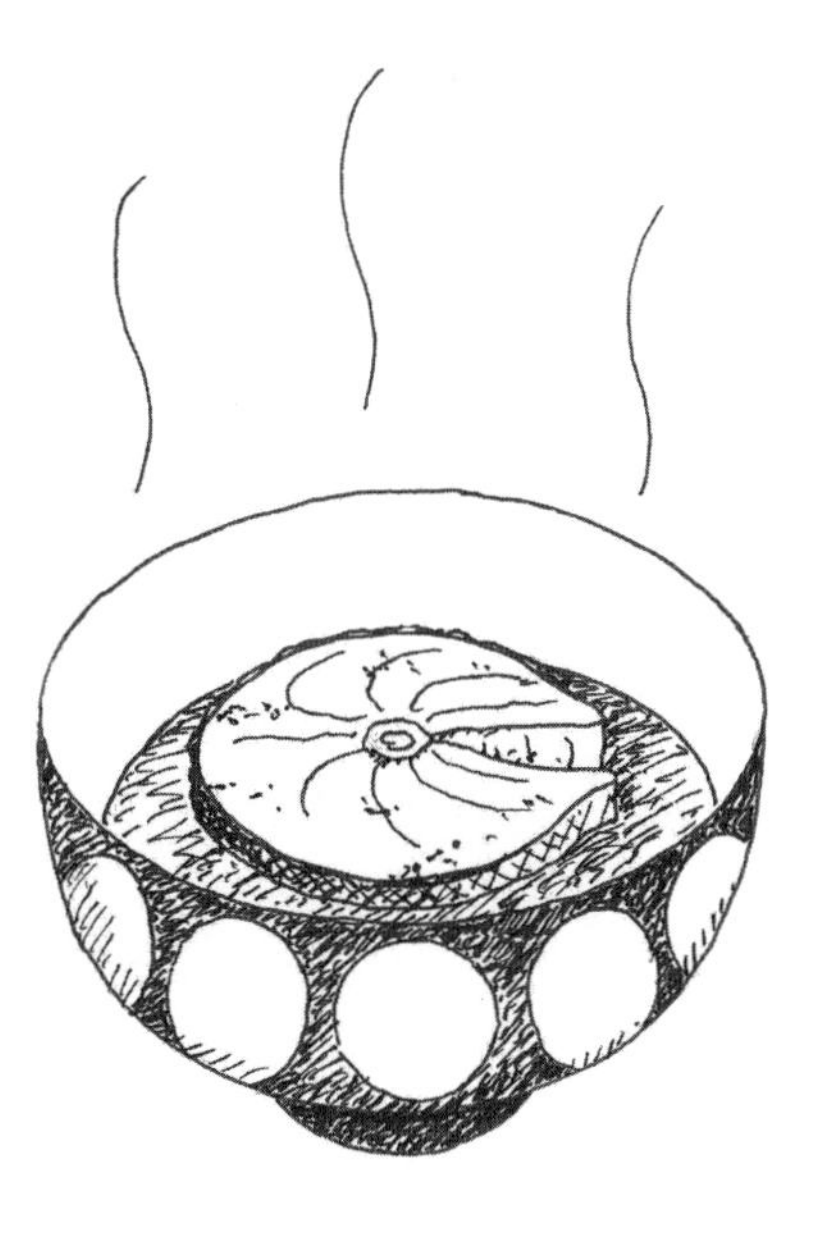

安土の大饗宴に出された鯉の汁

神社です。

　その門前町だからね、風格があっていいんだよ。時代劇にそのまま使えそうな町だね。〔大黒屋〕は瓦屋根に連子窓、油障子が入っていてね。白壁の塀で、中庭に池があって、その水がきれいなんだよ、実に。そこに見事な鯉が群れをなして泳いでいるわけだ。

　池を望んで鉤の手に座敷があってね。その奥座敷で鯉料理を食べたんだけど、ぼくはずいぶん鯉を食べてきたけれども、あれほど多彩なものとは知らなかったな。

　どれもこれも、野趣にあふれていながら、調理が洗練されていて、何ともいえずおいしかった。もう、凄く気に入っちゃって、翌日、また〔大黒屋〕へ行ったよ。二日目には、ちゃんと前日は出なかったものを出すんだからね、偉いものですよ。

　むかしは東京にも、いい鯉料理屋があったんだけどねえ。有名な店もあった。それがいまじゃ場所も変わり、大きなビルになっちゃって、迷子になりそうでしたって、だれかいってたよ。評判になって、ビルを建てたりすると、料理屋というのはたいていてい駄目になるね。

本当にいい酒は冷酒で飲む

江戸時代は、一般の人たちは、ほとんど焼酎は飲まない。むろん飲む人もいましたよ、職人なんかにはね。

焼酎というのは、飲むためというより、怪我をしたときの消毒薬なんだ。いまでいう薬用アルコールですよ。霧にして吹きかけるんだ、シューッと。

酒はやっぱり関西からの〔下り酒〕が一番人気があったといわれている。灘の方から船で運んで来るわけだ。富士山を横に見て揺られて来る酒だから〔富士見酒〕とも呼ばれていました。

はじめのうちは馬で運ばれていたんだよ。それが後に船で輸送するようになったのは、大名屋敷が大量に買ってくれて物凄く儲かるということになったから。寛永年間に〔菱垣回船〕が定期的に往来するようになった。その後、享保頃から〔樽回船〕という回船問屋がのし上がって来た。どのぐらいの量が運ばれていたかというと、元禄十年（一六九七）に六十四万樽、田沼時代には年間百万樽に及んだという記録が残っている。

関東一円の地回り酒も江戸へ入って来たけれども、せいぜい年間十五万樽で、量としては〔下り酒〕の比じゃなかったというね。

江戸時代の酒は、いま、われわれが日常飲んでいる酒に比べて、格段にうまかったと思う。変な話だけど、宮中には〔菊正宗（きくまさむね）〕の一番いいのが、いまでも献上されるんです。劇作家たちが入江侍従（いりえ）に招（よ）ばれて、宮中の馬事倶楽部（ばじくらぶ）の食堂か何かでご馳走になったことがある。その日、陛下が召し上がるのと同じ献立で、ということで。そのときに〔菊正〕が出た。それはもう戦前の〔菊正〕を思い出した、と、だれかがいってましたよ。

〔菊正〕にもいろいろあるんですよ。同じ特級でもね。われわれが普段すっと行って、いい〔菊正〕が飲めるのは、やはり浅草の〔藪〕だね。あそこの酒はいい。むかしのいい酒というのは、頭に来ないんだよ。そういう意味では、たとえば〔越乃寒梅（こしのかんばい）〕なんかがむかしの酒を思わせるね。冷酒（ひや）で飲んでも頭へ来ない。ぼくは一口飲めばわかりますよ。本当にいい酒というのは、絶対に頭に来ないものなんだ。

酒は冷酒(ひや)……

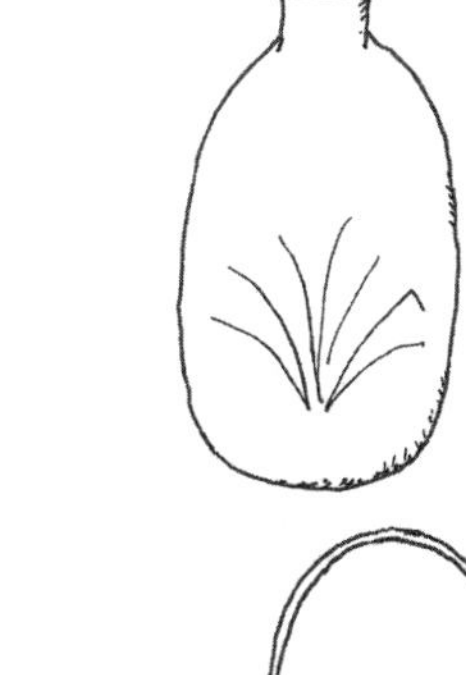

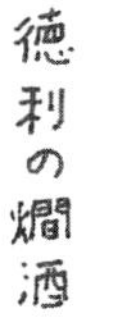

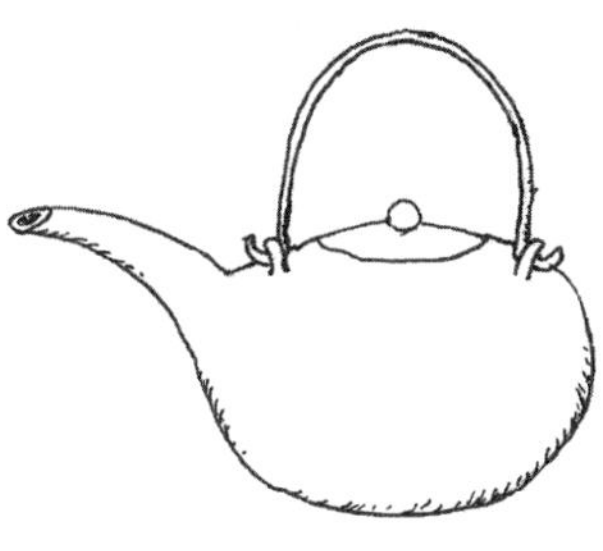

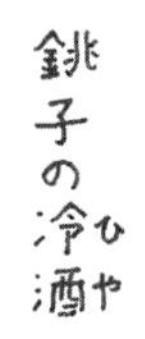

庶民のひや

むかしは、〔八百善〕のような料亭で出す場合はお燗をすることもあるけど、本当にいい酒を出すときは冷酒ですよ。それを銚子に入れるわけだ。銚子というのは、つまり、土瓶みたいなものです。徳利と銚子がいつの間にか混同されて、いまは「お銚子一本……」なんていっているけど、あれは間違いなんだね。

酒を買う場合、一般の町民は容れものを持って酒屋へ行くわけだ。いわゆる貧乏徳利みたいなものを持ってね。もう少しちゃんとした家では、酒屋に届けさせる。鬼平のような旗本の屋敷では全部取り寄せる。樽でね。柄樽とか角樽とかいわれる、長い柄のついたのがあるでしょう、あれですよ。普通は白木のものだけど、お祝いごとなんかでは朱塗りの角樽も使われましたね。奉書でちょっと飾ったりして。

むかしの船宿というものは……

〔鬼平犯科帳〕シリーズに登場するいろいろな食べもの屋、料理屋。これは実在のものもあるけど、ぼくが自分で命名したものも多い。というのは、いま残っているそういう料理屋の名前が出ている本は、だいたい幕末が多いんだよ。寛政時代の平蔵が生きていた頃は、むろん料理屋はあったけれども、江戸時代末期ほどたくさんはないわけですよ。ちょうど戦前と現在のようなものです。

いまは、軒並みに食いもの屋ばかりだろう。つい三十年前までは、こんなことはなかったんですから。それと同じで、幕末に近づくにつれて急速にふえているわけだ。

どういう店が多かったかというと、まず、蕎麦屋だ。蕎麦屋は平蔵の頃も多かった。いまの蕎麦屋とはちょっと違う。つまり、何にでも利用されていたんです、蕎麦屋が。喫茶店の代わりでもあるし、腹ごしらえすることもできるし、酒場の代わりでもある。

逢引(あいび)きも、二階座敷がみんなあったから、できたけどね。ぼくらの子どもの頃にも、座敷があった店がありましたよ。〔蓮玉庵〕もお座敷があったからね。もっとも逢引きといったって何もできやしない（笑）。

これが船宿なら、一応これは宿なんだから、何でもできることになる。金次第でね。船宿というのは便利なものだったんです。食べものもうまいしね。板前がいて、ちゃんとつくる。それはもう、いい魚がどんどん入って来るもの。むかしの船宿というのは、いい料理をちゃんとこさえてくれたんですよ。といっても宴会用のいろいろな料理は出ない。あくまでも酒の肴です。何か他に、ちょっと飯でも食いたいとか、注文があれば、近くの店から届けさせる。

江戸時代の船というのは、結局、いまのタクシーみたいなものだ。そのぐらい縦横に川や運河が整備されていたわけです。川を伝わって行けばタクシーより速いんだから。そういうものの溜(た)まり場である船宿がいっぱいあったということは、いかにその頃の江戸の町がいい町であったかということですよ。

川のない都会なんていうのは全然駄目ですよ、情緒がなくて。日本橋の上へ高速道路をかけてしまうのだからね、東京都のコッパ役人どもが。

船宿……

船宿というのは、食べものもうまいしね。
江戸時代の船というのは、いまのタクシーみたいなもので……

もうずいぶん古い話だけど、柳橋か浅草橋の船宿から小舟を雇って銚子まで行ったことがあるんだよ、夏ね。

夏の土曜日、四時頃出て行って、食べものや酒をいっぱい積んで、ゆっくり、ゆっくり行くんだよ。そして船の中で一杯やるわけだ。月を見ながら、ござを敷いて、飲んだり食ったり……あれはよかったねえ。

遊びに行くんだから急ぐことはない。昼間は葦の草蔭で昼寝をしたり、釣りをしたりね。そして、川岸を見ると、それこそ鯉料理の店なんかあるわけだよ。そういうところへ船をつけて、船頭も一緒に上げて、飲んで、そこの座敷で昼飯を食べて、また船に乗ってずうっと行く。だから、銚子へ着いたのは確か翌日も夜遅くじゃないかな。

いまでも行けるんじゃないの、江戸川から入って行って利根川へ出るわけだから。何とかもう一度あれをやりたいと思ってね、調べてくれるように頼んであるんだけど、なんだかむずかしいらしいな。

大石内蔵助は牛肉が好きだった……

江戸時代には、表向きは肉食というものがなかったわけです。鶏肉(とり)や軍鶏、それから鴨なんかは食べていたけれども、四つ足の動物は食べない。

といっても本当に全然食べなかったかといえば、そんなことはないんだよ。〔兎汁(うさぎじる)〕なんていうのがあったわけだからね。江戸には二、三軒、〔兎汁〕を食べさせる店があった。まあ、その程度で、一般的じゃなかったけどね。

牛だって近江の方では食べていたんだから。それはもう元禄時代から。大石内蔵助が牛肉を食べて、こういうものは倅(せがれ)の主税には食べさせるな、倅のような若い者には毒になるから……という手紙を小野寺十内(おのでらじゅうない)に書いているんだ。小野寺十内が内蔵助のところに牛肉の味噌漬を送ったら、そういう返事が来た。

大量生産されているわけじゃないから、だれでもが牛肉を食べていたわけじゃない。薬用というか、一種の病人食だね。〔薬喰(くすりぐい)〕と称して食べていたんですよ。

〔鬼平犯科帳〕に書く食べものというのは、前にもいったように、ぼく自身が食べているものを基本にして、それで時代考証的に間違いがないかどうか調べて、それを書いているわけだ。〔蒟蒻(こんにゃく)の白和(しらあ)え〕にしろ、〔鴨の叩き団子〕にしろね。

〔白和え〕なんていうのは本当に東京のものだという気がしますね。〔白和え〕のうまい料理屋があってね、浜町(はまちょう)のあたりに。五代目菊五郎が、若い者にそれを買いに行かせるんだよ。そのときにね、

「白和えを買いに行くときは、鉄火な恰好して買いに行け」

そういったという話がある。

〔鴨の叩き団子〕は晒(さら)し葱をたっぷり添えて食べる。ぼくの家ではときどきやるけど、うまいものなんだよ。それから鴨を軽くあぶっておいて、醬油につけて、小さく切る。鉢に生卵をどんどん割って、それをかきまわして、その中へ鴨の小さく切った肉を入れて、葱を入れて、それを熱い飯にかけて食べるんだよ。醬油を落としてね。

それ、だれが食べたと思う？　討入りの晩に大石内蔵助が食べているんですよ。堀部弥兵衛のところへいったん集まって、それで行くわけだから、全員じゃないけど、内蔵助と他の何人かが食べているんだ。

大石内蔵助は……

牛肉の味噌漬

小野寺十内への返事に……

アサリの剝き身を、塩と酒と醤油で薄味に仕立て、たっぷりした出汁で、葱の五分切りと一緒にさっと煮て、それを汁ごと熱い飯にかけて食べるというのは、ぼくらは年中おふくろに食わされた。これはもう江戸時代からあるものなんだ。うまいんだよ、本当に。

アサリと大根の千切りでもいいんだよ。千切りにしておけば大根はすぐ煮えるからね。さっと煮て大急ぎで食べなきゃいけない。煮過ぎたら駄目だからね、アサリは。

アサリの他に、ハマグリでもやる。このときは味噌を使う。それが「深川めし」ですよ。むかし、ずいぶんやりましたよ。何といったってハマグリがいいし、葱がいいんだからね、当時は。だからもう、まずかろうはずがない。

沙魚を生醤油と酒でからめて、さっと煮たもの。これもうまいんだ。これもむかし、船で釣りに行ったときなんかに、よく出たよ、船の中で。獲りたての沙魚なんていったらもうね……さっとからめておいて、本当に煮えるか煮えないかのところで食べる。やっぱり江戸の味の一つといっていいでしょうね。

お女郎に教わった朝の一品〔浦里〕

遊廓（ゆうかく）のまわりには、いろいろな食べもの屋があるわけです。台屋（だいや）という仕出し屋とか、饂飩屋とか、一品物の料理屋もあるし、むろん居酒屋もある。

それで吉原へあがったら、台のものを取って食べるわけだ。うまいものでしたよ（笑）。ぼくらは、朝帰るときに、お女郎がつくってくれたものです。吉原のいい店では、泊まった客の、ことに自分がいいと思った客には、お女郎が自分でつくるんですよ。大根おろしをもらって来てね。

確か〔浦里（うらざと）〕とか何とかいっていたな、あれは。朝になると、お女郎が下へ降りて行って、大根おろしと揉み海苔をもらって来る。そこへ、梅干しの種をぬいて、このくらいの小鉢にちぎった梅干しを入れて、大根おろしを入れて、揉み海苔をかけて、お醤油をちょっと落すんです。おつなものだよ、なかなか。

この間、銀座の小料理屋へ行ったら、いきなりその〔浦里〕が出て来たんで懐かしかったなあ（笑）。おやじは知らないでつくっているらしいんだけど、評判がいいんだって。これはこういうものだよっていったら、へェーッなんてびっくりしてましたけどね。

お女郎が朝、気に入った客につくってくれるものに、もう一つ〔玉子のぶわぶわ〕というのがある。これは煎り玉子なんだよ。油揚げを台所でもらって来て、自分で細く切って、砂糖をわりあい甘めに入れて、醬油を入れて、甘辛くして長火鉢でバーッと炒ってくれるの。油揚げを入れるのが特徴なんだ。お女郎ってそういうこともまめにしてくれたんだ。とても大変なんだよ、いまの家庭の若い主婦なんかと比べたらね。でも、そういうこまやかなサービスをしてくれるのは、あまり大きくない店のお女郎だけ。大店の女郎なんて威張っていてやらない。

粋な食べものといえば、〔小鍋だて〕だね。江戸の末期には確かにあったんだけど、鬼平の頃はどうかなあ。まあ、あってもおかしくない。

〔小鍋だて〕というのは一人か二人で食べるものなんだよ。まず差し向かいでやるのが一番いい。材料は余りものでも何でもいいわけです。あるものを何でも材料にできる。出汁を小鍋に張って、そこへ入れて煮ながら食べるんだから。非常に親密な感じになるわけですよ、雰囲気として。小鍋だから大勢じゃできない。

お女郎に……

遊廓のまわりには、いろいろな
食べもの屋があるわけです。
台屋という仕出し屋とか。

それで吉原へあがったら、
台のものを取って食べるわけだ。
うまいものでしたよ（笑）。

〔小鍋だて〕……
鬼平の頃はどうかなあ。
まあ、あってもおかしくない。

入れるそばから引き上げて食べる。だから、ぐたぐた煮るような材料は駄目ということになるね。鍋はむろん土鍋です。

〔湯豆腐〕もいいもんだ。いまの豆腐はあまりうまくなくなっちゃったけどね。こういうものは材料をゴチャゴチャと入れたら駄目なんだ。簡単なほどいい。油揚げを入れた湯豆腐ぐらいがいいわけです。それから大根ね。大根を千六本に切ったのを湯豆腐の中に入れると、豆腐がうまくなるの。やってごらんよ。

ほんのちょっと知恵をはたらかせれば、うまいものはいろいろとあるはずなんだよ。現代(いま)はそういう頭のはたらきが鈍くなってしまった。むかしの人というのは、年中、頭を使っているわけです。

たとえば、この魚を買ったら、あしたは保(も)たないな、だからきょう一日で食べてしまわなくてはいけない、それなら料理はこうこうしようとか、こっちで火をつけてゆでている間に、もう一方で何か刻むとか、そういうふうにして二つのこと、三つのことを同時にやるわけでしょう。その訓練が自然に感覚を鋭いものにするんだよ。

「一切れの生胡瓜(なまきゅうり)にも涼を追い」

握り飯ひとつでもね、紫蘇(しそ)の葉を細かく刻んで、ちょっと塩を入れて、それで握ったらうまいものなんだ。こんなことはだれにだってできるわけですよ。〔菜飯〕だって、わけない。大根の葉っぱなんて、いまの人はほとんど食べないだろう。そういう時代になっちゃった。もったいない話ですよ。大根の葉は非常にうまいものだけど、食べかたを知らないし、食べるものだと思っていないんだね。

大根の葉はちょっと塩に漬けておいて、刻んで熱い御飯に入れる。炊き込むより、熱い飯に混ぜたほうが簡単だし、おいしいんだよ。〔柱めし〕と同じ要領でやればいい。

糠漬(ぬかづけ)の古漬を刻んでやってもいいんだよ。それから〔生姜(しょうが)めし〕なんかもうまいね。生姜を摺りおろして、それを醬油と酒でちょっと味をつけて、飯にかけて、かきまわして食べる。御飯がすすんでしようがないよ、こういうのをやると。

沢庵(たくあん)なんか細かく刻んで、白胡麻を振って、ちょっとお醤油を落すんだ。それだけで握り飯をつくる。うまいねえ、いい沢庵でやったら。

沢庵は、普通、東京の一般の家では漬けない。漬物屋というのがあって、そこで買って来たものだ。漬物屋というよりも、芋の煮たのを売ってたり、味噌漬を売ってたり、干瓢(かんぴょう)売ってたりという、そういう店があったわけだよ。そういう店で沢庵も売っていた。むろん、八百屋でも売っているし。

大きな商家なんかは、みんな、自分のところで沢庵を漬けるよ。奉公人の主要惣菜だからね(笑)。裏長屋の職人さんなんかは、買って食べていた。沢庵だってばかにはできない。うまいのは本当にうまいんだからね。

前に話した、妻籠の〔生駒屋〕、ああいうところへ泊まると沢庵のうまさがしみじみわかる。泊まらなきゃわからないね、こればかりは。むかしのままの宿屋だから、汚いだろうと思ったら、便所でも何でも本当にきれいになっていてねえ。それを家族でやっているんだけど、食べもののうまいことね。

沢庵だって自分の家で漬けたものであるし、鯉でも生簀に飼っている鯉を料理する。主人が朝、籠を持って山へ行って、山菜を採って来る。それが夕方の膳に

正太郎俳句……

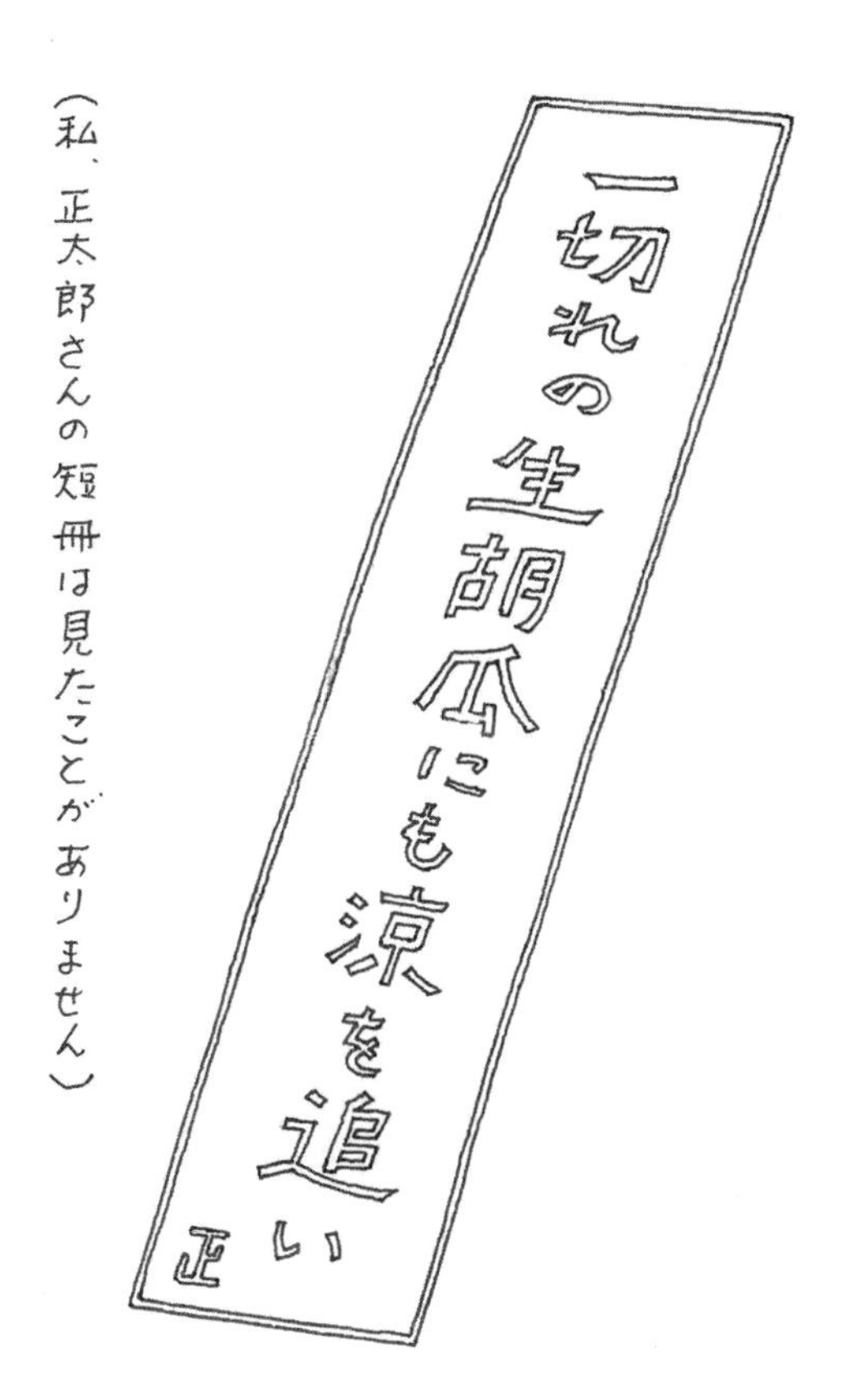

つくんだ。ああいうところへ泊まってみると、むかしの暮らしというものがどういうものだったか、わかりますね。本当に食べるものがみんなうまくてねえ。四季それぞれにふさわしい食べものがあったわけだよ。いまは年中何でも出回っているから、かえって物の味がわからなくなっちゃった。

だからさ、たとえばむかしの人が井戸水へ漬けておいた胡瓜揉みで、どれほど涼しさを感じていたか、いまの人にはその感覚がわからなくなっている。

一切れの生胡瓜にも涼を追い

って俳句があるよね。知らない？　池波正太郎作だ。アッハハハ。だから、そういうものですよ。むかしの人のほうがいろいろと暮らしの楽しみ方を知っていたんですよ。

茄子(なす)なんかでも、糠漬を出しておいて、井戸水へ漬けておく。それで練り辛子で食べるとかね。ピリッとして夏はいいもんですよ。

白瓜(しろうり)は、薄く切ったパンに辛子バターを塗って、上に薄く切った白瓜を乗せて、サンドイッチにする。これもなかなかいいよ。

それから、生の瓜と茄子を薄切りにして、塩で軽く揉んで、要するにひと塩漬けにするんだよ。そこへ枝豆のむいたのを混ぜ込む。ぼくは夏中、毎日食べてる。うまいよ、酒が。

（聞き書き・佐藤隆介）

三章　梅安(ばいあん)の暮らし

梅安の暮らしぶり

藤枝(ふじえだ)梅安が暮らしていた江戸の町というのは、現代の東京とは全然違う。たとえば渋谷も板橋も府内じゃない。郊外ですよ。品川だってもう郊外というより東海道の第一宿だからね。いま、ぼくが住んでいる荏原(えばら)なんていうのは、当時は荏原郡、ほんとの田舎(いなか)だ。隅田川を越えた向こうは、江戸中期以後、江戸の府内に取り入れられたけれども、新開地だからね、本来の府内と比べれば格が違う。梅安がいたところは品川台町(しながわだいまち)といって、まあ府内には入っているけれども、郊外といってもいいようなものだな。

それでも台町という町名があるからには、ある程度、店屋がある。梅安の時代のちょっと前から、いろいろな食べもの屋ができはじめている。一膳飯屋があるし、煮売り屋があるし、独り者でもそう不自由なことはない。朝早くから出て働かなければならない人が住んでいる町の飯屋なんかは、朝早くからやっているわけだよ。独り者の職人とか日雇い労働者が多い、たとえば本所界隈だったらね。
その反対に、夜遅い客を相手にする飯屋というのもある。雑司ヶ谷のほうの大名の下屋敷のあるところなんかでは、むしろ朝早くは店を開けないで、その代わり午後から開けて夜っぴてやって朝までやる。下屋敷の中間とか足軽というのはみんな博奕をやるからね。下屋敷の中間部屋はほとんど博奕場なんだから、夜は。だから、場所によって臨機応変に営業時間というのはなるわけだな。休みはない。年中無休ですよ、昔はみんな。盆暮れは休むけどね。

所帯を持っている人たちは外食というのは滅多にしない。いまみたいにファミリーレストランなんて全然ないし、家で食べなきゃ所帯がもたないんだよ。もし、何か外のものが食べたいと思ったら、町内の鰻屋なり何なりから出前させる。たまにちょっと金が入ったとき、おいしいものでも食べましょうという場合はね。一つの町内にすべてのものがそろっているから、ほかの町内にもあまり行かない、堅気の人は。

戦前まではみんなそうでしたよ。ぼくの祖父や祖母なんかでも、ほとんど自分の町内しか知らない。死ぬ間際に何かの団体旅行で京都・大阪へ行ったけどね、それだけだよ。箱根の山も越したことないよ。町内で全部間に合っちゃうから。

まあ、ぼくらの時代は鮨屋もあれば洋食屋、支那料理屋、鰻屋、天ぷら屋、そば屋、何でもあるということだから。昔の女の人というのは、ほとんど外で食べるということはなかったんじゃないかな。うちの祖母の時代でさえそうなんだから。

梅安の時代は、ようやく鰻屋が流行になってきたばかり。それまで鰻というのは下賤な食いもので深川あたりの労働者しか食わなかったんだよ。脂が強くて精がついて、躰を使う人には疲れがとれていいというので、屋台で食べたものなんだ。蒸さないから、しつこい脂でね。それが、だれが発明したか知らないけど、鰻を蒸して脂を取って食べやすくするようになってから、ある程度高級な料理になって流行しはじめたわけです。

天ぷら屋なんて、当時はまだない。ちゃんと店を構えているような天ぷら屋はね。これもやっぱり下賤な食いもので、梅安の時代は屋台だよ。鮨もそうだ。握り鮨はないことはないけど、コハダの鮨ぐらい、あとはいなりずし。

天ぷらなんていうのは、変な話だけど、縁日でよく売ってたじゃないか、一銭で。まあ、若い人たちは知らないだろうけど、ああいうようなものだったんだよ。それが時代と共にだんだん高級料理になって行く。海老（えび）みたいな高級な材料は、それまではうどん粉にまぶして揚げるなんて考えもつかなかったわけだよ、もったいなくてさ。新鮮なものが江戸湾で獲れたんだから、刺身で食べれば一番うまいんだから。だけど、揚げてみたら、やっぱりうまいというんで、だんだん高級な材料を揚げるようになって、天ぷら屋の店もふえて行く。一流の料理屋としての天ぷら屋ができるのは明治以後、いや大正以後ですけどね。

そば、鮨、天ぷら、鰻が江戸の食いものの代表のようにいわれるが、これは本当は明治以後のことなんだ。それまでの江戸の食べものといえば、やっぱり江戸前の魚を主体にした料理。江戸湾には川がみんな流れ込んで来るわけだろう。川の淡水と海の塩水とが混じり合っているところで獲れた魚介類というのは独特な味がするわけだよ、ハマグリでもシャコでも何でも。ヒラメなんかも全然違うんだ、味が。銚子のほうで獲れたヒラメと江戸湾でとれたヒラメとではね。

ハマグリなんかいまではすっかり高級品になっちゃったけど、梅安の時代には非常に身近なものだった。だから梅安が貝が好きでアサリなんかよく食べているというのは、ちゃんと時代を表わしているわけだよ。

江戸時代には、そういうことだから、魚屋が果たしていた役割というのはものすごく大きかったことになる。冠婚葬祭のときでも、みんな魚屋から仕出しをたのむわけだろう、一般の庶民は。大きな家だと料理屋が仕出しをするけどね。

梅安の頃には朝昼晩と一日三食が習慣になっていたけど、元禄の「忠臣蔵」の頃はまだ二食だよ。そろそろ三食がまじりかけていた時代だな。戦国時代からずっと二食だったのは、むろん米がそんなにたくさんできなかったということもあるが、もっと大きな理由は夜が早かったから。油が高くて貴重品なんだよ。だから早く寝る。その代わり朝早く起きる。

それが、戦争のない時代が長く続いて、だんだん油の生産もふえるにつれて、夜も遅くまで起きていられるようになった。そうすると二食じゃもたないから三食ということになる。戦後の日本と似ているわけだよ。平和が続くほど暮らしが贅沢になってくる。

梅安の時代の最大のごちそうというのは、結局、江戸前の料理、つまり新鮮な魚や貝だった。あとは野菜。それから鳥だな。鳥はみんな食べている。シャモだね。たいてい鍋にするんだ。だけど一般の家庭でお惣菜に食べるということはない。やっぱりこれも下賤なものとされているからね。

鳥肉を食べるのなら、大名は鶉(うずら)とか鶴とかね。将軍は鶴の肉を食べていたんだよ。あまりうまくはなかったろうと思うな（笑）、鶴の吸物なんてね。だいたい鶴の餌そのものがたいしたもの食ってないんだから。

それでも将軍がお祝い事のときに鶴を食べたというのは、それだけ当時でも珍しい、滅多に捕れないものだったからですよ。将軍しか食べられないわけだ。それもお祝いのときだけね。

牛や馬なんか食べなかったというのは、四足だから食わないという仏教上の禁忌もあるけれども、それより大変な労働力だから大事にしなけりゃならないんだよ。家族同様に可愛がって、働いてもらっているわけでしょう。だから、殺して食用にするなんて、とてもできない。

酒も現代と比べれば貴重品だった。そりゃ当時だって安い酒も高い酒もあったけれども、やっぱりいまと比べたら高い。だから酒をあまり飲み過ぎると身上つぶすんだよ。酒好きの職人だって晩酌は一本か二本、それも自分の家で飲む。生産そのものがいまのように大量じゃないんだからね。それだけに、一本の酒のありがたみが違う。

戦国時代には、酒というのは一年の決まった日にしか飲ませてもらえない、それぐらい貴重なものだった。大名でさえそうだったんだからね。福島正則がさ、盗み酒をして奥方に追い回され、城門のところまで逃げて謝ったという話があるでしょう。酒は全部、細君が管理していたわけだ。

江戸時代も梅安の頃になれば、戦国時代のようなことはないけれども、それでも酒は高い。一杯飲むということは大変なことなんだ。冠婚葬祭だけではないにせよ、一般の人は、何かちょっと金が入ったときに、きょうは金が入ったから一杯やろうじゃないか、と。そういうことだったろうね。

男の三大道楽を「飲む、打つ、買う」というだろう。つまり、酒と博奕と女遊び。だけど、いまは酒飲むだけで身上つぶすようなことは、まあ、ないだろう。当時は毎日酒を飲んでたら本当に身上をつぶしちゃうんだよ。酒を飲むということは、それだけ特別のことだったわけだ、いまと違ってね。

江戸の医者

藤枝梅安は鍼医者だが、この時代の医者というものは非常に数も少ないし、人びとに尊敬され信頼されるという点でも現代とは比べものにならない。むろん当時だって悪徳医もいたけどね。いまの病院と同じで、薬屋と結託して、高い薬をあれして暴利をむさぼる医者ってのもそれはいますよ。いつの時代だって同じことさ。

医者になること自体は、だれでも勉強すれば可能だったわけだ。いまのように厚生省が国家試験をして許可を与えるとかなんとかじゃなくて、然るべき先生の門下であるということだけで通用した。人口も少ないしね。幕府の人別帳というものがあって、その医者の住んでいる町の名主なり親なりがちゃんとわかっているだろう。それで、自分の長屋にはこういう医者が住んでおりますというふうに届けてあるから、だから然るべき先生について勉強したという実績があれば大丈夫。

だけど昔は「医は仁術」と、人の病いをなおすためであるという道徳、モラルが一貫して行き渡っているから、現代のような金儲け本位のひどいのはいないよ。救急車でもって運んでさ、どこの病院でも断られて、二時間も三時間もあっちこっちたらい回しにされて死んじゃったなんて、よく聞くでしょう。そんなバカな話はありゃしないよ、昔は。休日や深夜に叩き起こされて病人を診るのがいやだったら、はじめから医者になんかならないんだから。あくまでも「仁術」であるという誇りがあったわけだよ。

役所でもね、昔はそうでしたよ。全部が全部とはいわないがね。そもそもね、役所で給料をもらっている人間は薄給は当然と覚悟して働かなきゃいけないんだよ。国民のためにある役目なんだから。郵便局でも、国鉄でも。それで、人が働かないときに働くからこそ、そこにプライドがあるんだから。たとえ給料が安くてもね。自分の給料というのは国民の税金から出ているということをわきまえているわけですよ、昔の人は。そして元旦でも深夜でも、人が働かないときに働くところに誇りを感じ、生き甲斐を感じたものなんだ。そういうプライドが全部なくなっちゃった。だからいまの役所というのはだめなんだよ。国民のために働くという自覚も誇りもありゃしないんだから。

それで国が滅びて行くんだよ。だんだん、ね。給料が安いの、当然なんだよ。それ、覚悟してなるべきものなんだ、役人は。なぜって営利でもって儲けた金で給料払っているんじゃないからね。国民の税金で払っているんだからね。

梅安の場合は、京都で津山悦堂に医術を学んで、江戸へ出て来て品川台町に住みつき、自分の実績でもって自然に鍼医としての名をあげて行ったわけだ。昔は何の商売でも紹介じゃない。むろんそれもあるけど、何よりも積み上げて行く実績だよ。料理屋でも何でも。そこが違うんだよ、いまと。だからやり甲斐もあるし、ほんとにいいものしか残らないということにもなる。

宣伝というものは当時だっていくらでもある。たとえば「江戸食いもの案内」のようなものも出ているしね。一流料理屋からそば屋、菓子屋まで全部出ている。そういう案内書はいくつもあった。職業別もあるし、全部ひっくるめた「江戸買物一人案内」なんていうのもある。そういうものを通じて宣伝する方法はいろいろあったわけだ。あとはいわゆるクチコミだね。

クチコミだけれども、いまのように交通が発達していないから、たとえば品川にうまいものがあっても浅草から食いに行くということは考えられないな。結局、その土地、その周辺だけだから、なおさらクチコミがきくわけですよ。で、クチコミの人気というのが一番強いんだよ。長続きするんだよ。これはいまでもそうです。

江戸っ子と金

江戸っ子はせっかちだ、気が早いっていうだろう。あれは、どんどん物事を素早く運ぶという生活だから、江戸の町そのものが。ぐずぐずしてないという、絶えず活気のある生活だから、田舎の人から見れば気が早く見えるということですよ。

だけど、落語だとか芝居だとか講談に出てくる江戸っ子というのは、あれが江戸っ子だと思ったら困っちゃうんだよ。あんな江戸っ子ばかりじゃないからね。もっとまじめで質実にやってる江戸っ子だっているんだから。

江戸の町で暮らすということは、共同生活をするということなんだ。そこが現代と一番違うところなんだよ。共同でなきゃ生活ができないんだ、昔は。全部共同責任だからね、長屋に住んでいてもさ。一人が何か悪いことをすれば、大家とか名主とかに全部責任がかかってくる。そういうことを考えたら、悪いことができないんだよ、なかなか。自分のことだけでは済まない。家族にも当然累が及ぶわけでしょう。そこに江戸町民のモラルの基盤があるんだ。だから、今朝は隣りの人がうちの前を掃いてくれたから、翌日は自分が隣りのうちの前を掃く、ということになる。つね日頃世話になっている人には、盆暮れに挨拶することを忘れない、ということになる。決して人に迷惑をかけない、人からうけた恩を忘れない、それが江戸っ子というものですよ、本当の。

いまの若い人たちは、ただもう自分を主張するだけで他人のことなんか考えないでしょう、むろん全部ではないけれども。だから我慢ということも知らない。昔は盆と正月以外には一日の休みもないんだからね、奉公人の場合は。それは大変だよ。何年か辛抱して暖簾(のれん)を分けてもらうまではね。だから、店が閉まった後で夜鳴きうどんなんかこっそり食べるのが、もう唯一の楽しみだよね。

それだっておおっぴらにできるわけじゃない。番頭が黙認してくれればできる。黙認する番頭としない番頭がいるんだ。軍隊と同じでさ。中には自分が金を出して、うどんでも食べてこいという番頭もいる。口うるさくいうのもいる。それは人それぞれによって違うわけだよ。意地の悪い番頭だったら、たまらないよ。だけど当時の人は、それが普通だから辛抱する。いまの人なら一日も辛抱できないだろうね。

この頃の勘定というのは全部ツケです、現金払いじゃなくて。むろん顔を知らないところだったら、その場で払わなきゃいけない。自分が暮らしている町内だったら、いちいち買物をするたびに払うことはない。たいていは年一回、暮れにまとめて払う。だから昔の大晦日(おおみそか)というのは大変なんだ。払うほうのみならず、掛けを取りに行くほうもね。踏み倒されたらえらいことになる。

いまは月給制があたりまえだけど、この時代には、たとえば大工だったら一つの仕事が終わってからもらう。半年かかって家を建てたら、家が完成したときにもらうわけだ。それまでに金が要る場合は、親方が出しといてくれて、後でその分差っ引かれることになる。やっぱり不時の出費というのがあるからね、子どもが生まれるとか、病気をするとか、家が火事になったりとかさ。そういう場合は親方に借りたかたちで、後で清算するわけだよ。

人間と人間の相互の信頼関係がはっきりしているから、こういうことができた。金だけもらって逃げたりなんかしたら、もう二度と働けなくなるから。現代と違って、こういうやつがこういうことをしたって大工仲間に全部知れ渡って、それじゃ、もうほかの親方だってだれも使わないということになる。すべてがそういうふうになっていた。

　その代わり、まじめに働いてさえいれば、現金がなくたって暮らして行ける。よくいうことばに、

「江戸っ子は宵越しの銭は持たねエ」

　というのがあるでしょう。あれはね、江戸は将軍のお膝元で町全体に活気があって、何かしら仕事があるわけだよ。だから金をためておかなくても、まじめに働きさえすれば、江戸で暮らしている限りは食うに困らないんだよ。そういうことから出たことばなんだ。

　もちろん、それによってドンチャン騒ぎして飲んだり食ったり打ったりするやつもいるけど、そうじゃなくて、ためこまないで人とのつきあいをするとか、まあ物見遊山をするとか、そういうことに使うことは惜しまないという意味なんだ。都会人として人間同士のつきあいの大事さというものをよく知っている。だから、つきあいには絶対に金を惜しまない。それはまた、必ずいつか自分に返ってくるものですからね。

〔仕掛人〕の場合、仕事の性質からいって当然のことだが、普通の人たちには考えられないような大金が入るわけだ。命がけでやる辛(つら)い仕事ですからね。

その金は、飲んだり食べたりするくらいでは、いくら贅沢をしても到底使いきれない。享楽に使える金はおのずから限度がある。だから、貯めるつもりになれば、いくらでも貯められる。けれど藤枝梅安は、自分のためには金を残す気がない。おもんにやる金を別にして、あとは全部使っちゃう。何に使うかというとだね、それは小説の中には書いてないけど、人にやっちゃうんだよ。鍼医者の梅安をたよって来る患者には貧乏な家庭の人がいっぱいいるわけだろう。そういう人たちにどんどん金をやっちゃうということですよ。

彦次郎の場合は、同じ仕掛人といっても梅安とは格が違うからね。

それに、彦次郎はあまり大金があってもしようがない。女房も子どももいない独り暮らしでしょう。使いみちがないいんだよ。

江戸の独り者

江戸の社会というのは、男の独り者にとっては、やっぱり住むのに大変な町だったと思いますよ。梅安や彦次郎のような特殊な人間は別として、普通の商家の場合、堅気の商売ではね。

つまり、結婚していなければ商売というのはうまくいかないんだよ。世間が信用しない。小僧のときはむろんのこと、手代までは絶対に住み込みなんだけれども、番頭になり、やがて独立したら、もう結婚しないわけにはいかない。商売するならね。

これはまあ商人の場合で、職人の場合はまた少し違う。職人というのは、親方がちゃんと知っていて仕事をさせるわけだからね、自分の腕も、どういう人間かということも。だから、職人なら独り者でも暮らして行けないことはない。親方と職人とは、いってみれば一対一の人間関係でしょう。ところが商売となると、大勢の人びとを相手にすることになる。そうでなきゃ商売にならないんだから。

それで、やっぱり独り者だと信用されないね。

のうのうと独り者が生きられる社会じゃなかったということですよ、江戸の町は。独身貴族だなんていってられないんだ。

男はそれでも何とかなる。女の場合はまずだめだよ、危くて。何かあるというときに、女の独り者じゃ危くてしかたがないよ。だって、独り者で住んでいるということがみんなにわかってしまえば、たとえば泥棒だって入りやすいしね。それから金を持ってりゃ騙しやすいしということになるだろう。

その時代だってもちろん女の独り者というのはいないことはないよ。三味線や踊りのお師匠さんとかね。そういう腕で食べていける特殊な仕事なら、女の独り者だってそれなりの収入はあるわけだから、下女を雇うことができるし、そうすれば独り暮らしとは違うわけだから。

だけどねえ、女の特技といったら、やっぱり芸事や料理、そんなものでしょう江戸時代は。腕で食べて行くったって、女の編集者なんてのはない時代だもの。

たとえていうなら料理にしても、女の板前というのはいないわけだろう。これは現代でもそうじゃないか。まあ、居酒屋ぐらいは女手でやっていたのがいるだろうけどね。その程度だよ。

女がね、ほんとのちゃんとした板前をやると、味が狂うんだよ。きょう鹹かったかと思うと、あした甘かったりして。その日の、そのときの気持ち次第でね。それが女なんだ。一年間に何百回か味噌汁を作るだろう。その味噌汁が二日と続けて同じ味にはできない。

お惣菜の場合は、まあ、それでも大した問題じゃない。家族という気心の知れた同士だからね。だけど、ちゃんとした料理の場合は、少しでも味に狂いを生じたら困っちゃうだろう。だから板前には女がいないわけだよ。むろん例外はありますよ。

よく近頃、男たちが「おふくろの味」なんて懐かしがっていうだろう。あれは子どものときから食わされてて、それに慣らされているからだよ。深い味がわかるはずはないんだから、子どものうちは。ただ、お母ちゃんが作ってくれたというだけで。

で、大人になって嫁さんもらって、おふくろ以外の女の作るものを食べたら、どうもちょっと違う。味が一定しない。それで喧嘩になったりなんかするわけ。だけど、いまの女房なんて庖丁と俎が置いてない家さえ珍しくないいんだってね。

そういう話を聞いたよ。それじゃ、どうやって料理をするのかというと、料理鋏（ばさみ）というものがある、と。葱でも何でもその鋏で切るんだそうだよ。

料理鋏でおしんこ切るときなんかどうするのかねえ。沢庵なんて切れないでしょう。まあ、庖丁も俎もないような家では、沢庵なんか買うこともないんだろうな。

仕掛人が所帯を持たない独身者（ひとりもの）であるということは、これは当然ですよ。所帯持ったら女が可哀（かわい）そうだろう。いつ、どうなるか、わからないんだから。彦次郎なんか、一度は女房も子どももいたわけだ。だから所帯を持つということがどういうことか、わかっている。楽しいこと、うれしいこともね。だけどもう、仕掛人になってからは、いまさら所帯を持ちたいという感情よりも前に、決して持てないというふうになっている。女房や子どもを持ったら、累を及ぼすことになるからね。同罪だからね、もし自分が捕まった場合には。彦次郎のみならず、その女房子もやっぱり同じ死刑になっちゃうわけだよ。それが江戸時代の法律なんだ。すべて共同責任なんだ。

博奕でもやれば、大金を簡単に使うことができるわけだけれども、梅安は博奕もしないしね。どうしたって使い切れない。だから、そんなに毎月「仕掛人シリーズ」を書くわけにいかないというんだよ（笑）。江戸の社会で百両といったら、それはもう物凄い金額なんだからね。

男の場合は、吉原（よしわら）へ通ったりして夜遊びをすれば、一晩でいくらでも使えますよ。梅安だって昔はむろん、そういう遊びもさんざんしたんだ。しかし、仕掛人という人にいえない職業を持ってからは、いくら金があってもそういう遊びはしない。

怪しまれちゃうんだよ、そんなことをすると。吉原なんかではね。たとえば紀伊國屋文左衛門（きのくにやぶんざえもん）とかって江戸中知っているような大金持ちが来て、それをやっても怪しまれることはない。だけど、一介の町医者が吉原へ来てね、一晩で百両使ったら、すぐもう町会所へ報告するし、そうすりゃもう奉行所はただちに内偵を進めるからね。だから梅安の場合は、ハメをはずしたお大尽遊びはできない。

そもそも梅安は、そういう遊びの金が欲しくて仕掛けをするわけじゃないんだから。大金を積まれて引き受けるのは、金のためでもなければ職業的興味のためでもない。梅安は別に興味ないからね、仕掛けること自体に対しては。

生かしておいては世のため人のためにならない、だから仕掛ける……という正義感とも違うんだ。たとえ、相手がいかに悪いやつであろうとも、やっぱり本当はやりたかないんだよ、梅安自身は。やりたかないけれども、一回やったらもう、芋づる式に、頼まれればその義理に挟まれちゃうから、どうしようもないわけだよ。で、断れば裏切り者になるしさ。

変な話だけれども、ぼくの小説家というこの仕事も、他のもろもろの職業も、どちらかといえば梅安のそれに通じるところがあるね。作家稼業というのは仕掛人みたいなものだよ。いやな仕事でも、ときにはやらなければならないしね。

江戸の庶民の楽しみ

梅安の時代の庶民の楽しみはね、一日一所懸命に働いて、家に帰って酒の一本も飲めたらもう極楽。ああ、ありがたいといってね。これだけ働いて酒一本飲んでありがたいと。それでもう充分なんだよ。だから謙虚なんだよ、本当に。

煙草なんかも、ほんとにささやかな贅沢だったんだよ、庶民にとってはね。江戸の人の一般の生活はつつましやかなもんだよ。ことに食べるものなんてね。果物というのは贅沢品。一般庶民が口にしたのは、せいぜい西瓜ぐらいだな、夏になってね。冬は蜜柑。それだって毎日のように好きなだけ食べるというわけにはいかない。やっぱり余計な、なくても済むものだろう。

それでも年に何回かは芝居を観に行く。うちのおじいさんなんか芝居好きだったから月に一ぺんは行ったものだ。だから、宵越しの金が残らないというのは、そういうところへ使っちゃうわけ。

いまの人たちは芝居も観ないからね、編集者でも。芝居も観なきゃ映画も観ないよ。暇があれば飲むだけだ、スナックで。これじゃしようがないやな。女でもそうなんだから、いま。

煙草を吸う人はどうしてもいまより少ないよね。いちいち煙管(きせる)に詰めて吸わなきゃならないからね。しかも火は、マッチもないしライターもないから、火種のあるところへ行って吸わなきゃならないから。ふつうに歩いているときには火を持って歩いてるってわけにはいかないでしょう。煙草盆が置いてあるところでだけ吸うというのがたてまえでさ。たてまえというより、それでなきゃ吸えないわけだよ。

煙草というのはあくまでも嗜好品だからね、それもちょっと贅沢な感じの。それだけに煙管と煙草入れには凝ったりしたものだ。これはすばらしいものがあったんだよ。それを人前に出すときに、まあ、自慢するわけだな。むろん安い物もある。紙や布の煙草入れもあったんだから。女は布だよ、ほとんど。煙草入れも、煙管を入れる袋もね。

まあ、女の場合、煙草を吸うというのはやっぱり特殊な人だけだった。一般の女たちは吸わない。大店(おおだな)のおかみさんになって、年齢(とし)もとって、それで煙草が好きで吸うということはあったけれども、それでも人前では吸わない。いまの女は人前でも平気で吸うけど、鼻からプーッと煙出していたら幻滅だよ、女は。好きな女でも。色気がないよ、そうだろう。鼻の穴からプーッと……。

吉原で、お女郎がこう煙管で一服吸いつけてさ、それを客に渡すでしょう。あれは、つまり一種の愛情の表現なんだな。自分の口につけたものを相手の口につけるということは、間接にキスを表わしているわけだ。「吸いつけ煙管」というんだよ、あれは。

もともとは色里の風習なんだろうけど、ふつうの家庭で奥さんが旦那にだってやってやることはあるよ、それは。面倒くさいんだから、煙草を吸うということは。マッチやライターでピュッといくんじゃないからさ、当時はね。それで亭主が「おい、一服くれ」っていやあ、女房が火をつけてちょっとふかしてから亭主にくわえさせるということはあるよ。

煙草の羅宇ね、この掃除が大変なんだよ、また。いつもは自分で、こよりで掃除をするんだけど、やっぱり十日に一度か半月に一ぺんは羅宇屋で全部きれいにしてもらわなきゃ。ときには交換して新しいのにすることも必要だしね。とにかく煙草を吸うってのは、いろいろと面倒くさい。その面倒くさいところがいいわけだからな。

煙草屋は、卸売りの大きいところがあって、町の小売屋はそこから刻んだものを買って来て、店に置いていたわけだ。どの町にも必ず一軒や二軒はあるんだよ。煙草のほかにチリ紙置いたり蠟燭置いたり、線香があったり、いまの煙草屋にその名残りがあるよ、そのまま。

梅安や彦次郎が一仕事終わって、ちょっと江戸を離れて温泉に行くだろう。ああいうことはやっぱり一般庶民にはできない。大工さん、左官屋さんなどの職人、それから商店でも酒屋、小間物屋、煙草屋、そういう小さな店の人たちは一生涯ほとんど行かないだろうな。相当金がなきゃだめなんだよ。

大山詣でとかお伊勢参りとかっていうのは、講中といっていまの団体割引みたいなのがあって、それで行ったものだ。男だけ、ね。女はまず行かない。女は家を守るものとされていたからね。女が全然行かないということはないけれども、大変だからね、昔の旅は。いま外国へ行くよりもっと大変なんだから。

一所懸命に積立をして、生涯何度とかっていうような楽しみにしていたわけだ。お寺や神社へお参りに行きますといえば口実がつくでしょう。だから信心と行楽、これは全部結びついている。寺や神社のまわりに酒屋があり、料理屋があり、遊郭もあるのはそのためですよ。いま講談社のある音羽ね、あの辺だって護国寺の門前町で大変だったんだから。むろん岡場所がありましてね。当時この一帯はもう郊外の雰囲気だね、一応府内ではあるけれども。景色はいいしね。こういうところがいくらでもあったんだ、江戸府内でもね。

江戸市中でもさびしいところだったらもうほんとに真っ暗だから。明かりのついているところなんてほんの一部。その明かりも電灯と違うんだからね。夜は早く店閉めちゃうしね。どうしようもない真っ暗闇。現代の人には想像もつかないような夜の暗さですよ。だからこそ〝吉原の不夜城〟って、吉原の明かりが目立つわけだよ。遠くから見ても、そこだけ空が明かるいんだから。常夜灯は全部点っているし、中の茶屋の通りはぼんぼりが点っているしさ、それにどの店にも軒行灯がついている。

その代わり、一歩出たらもう真っ暗だ。それで提灯さげて帰ることになる。だからさ、河内山（宗俊）が吉原土手で金子市之丞に切り払われるところがあるじゃないか。市之丞が刀をパッと抜くと、駕籠の中から河内山が、

「いま光ったのは星が飛んだのか」

って（笑）。そのくらい暗いわけだよ。

それだけに情緒というものがあってよかったわけですよ、昔は。で、夜寝るときに行灯を全部消しちゃったらどうにもならない。何か起きたときだって真っ暗で困っちゃう。だから有明行灯といってね、小さな枕元のスタンドみたいな行灯に、うんと小さな灯をつけて、必ず置いておかなきゃいけない。そういうのが時代小説の大事なところなんだよ。それをいまの時代小説は、まあ全部とはいわないが、忘れているんだよ。

それから道でもね、雨が降ったら歩けないんです、ぬかるみになっちゃって。だから、ぬかるみの中をちゃんと歩くようにして書かなきゃいけないわけだ。ぼくは、前の晩に雨が降ったときは、必ず読者に納得が行くように書いていますよ。どれを読んでもらってもわかる。

梅安の旅

梅安の時代、旅をするときにはどういう心得が必要だったかというと、要するに現代のわれわれが外国旅行をするときと同じだよ。

昔は、自分が住んでいるところから遠くへ旅するためには「道中手形」というものが必要だった。つまり、パスポートですよ、道中手形というのは。江戸時代の日本は何十もの国にわかれていたわけだからね。江戸から京都・大坂へ行くのは、ぼくらがいまヨーロッパへ行くのと同じなんだ。当然、パスポートがいることになる。

この道中手形は、万一なくしたら大変。旅館に泊まっても、風呂へ入るときでも持って行く、肌身離さず。だから、ほとんどなくしたことはないだろう恐らく、昔の人は。道中手形には木でできたのもあるけど、町人の場合は紙だ。それをなくしたり汚したりしないように、みんなそれぞれに工夫したんだ、お守りのように袋に入れて首から下げるとかね。

これは、住んでるところの名主が出すんだよ、あるいは大家が。あるいはまた菩提寺の和尚が出す。昔は「人別」というものがはっきりしていた。どこの何という町には何人住んでいて、それぞれ家族が何人だっていうことがちゃんとわかっていた。その人別というものを明らかにしておくために道中手形が必要なわけだよ。そういうものをなくしちゃったら、だれでも勝手に京都へ行ったり大坂へ行って住みついたりするじゃない。それは非常に困るわけだ。

だから、旅をするときは、ちゃんと手続きをして道中手形をもらってからでないと、旅に出られない。たとえば江戸から名古屋まで行くとするだろう。そうすると少くとも関所が二つある、箱根と浜松の近くに。この場合は道中手形を二通持っていなければいけないんだよ。関所ごとに一通。どこを通ってどこまで行くということを届け出てね、関所の数に応じて道中手形を出してもらうわけですよ。

梅安なんかでも、京都へ行くとなったら、本当はいつでも正式の手続きをしなきゃいけない。だけど、ときどき、そうでなく行くだろう。それはやっぱり抜け道で行くわけだよ。箱根なら箱根の関所のまわりの村々や町々は全部特別地区になっていて、警戒を怠らないというたてまえになっている。なってはいるけれども、そこはやっぱり金次第で、いろいろなルートがあるから、そういうところは金の力でうまくやることになる。一般の人にはできないよ、相当金がかかるからね。

当時は旅館の予約なんて、まずできないから、これは行った先で自分で見当をつけて選ぶわけだ。それで満員で断られたときは他の宿屋へ行くということだね。川止めになって、宿屋がどこも満員の場合は、泊まるところがないでしょう。だから、そういうときの予備に必ず油紙とか合羽とかいうものは用意して行くんだよ。野宿したりしなきゃならないこともあり得るし、雨が降ることもあるわけだから。

江戸と大坂の往来なんか、商売によってはもう、しょっちゅうあったわけだ。だいたい江戸の商店というのは、大坂なり京都なり、あるいは名古屋とか伊勢、そういう地方から集まってきた店が多いから、本店との連絡とか品物の仕入れとかで、日常的に旅をしていたわけだよ、そういう商売の場合は。

そういう場合でも、いちいち道中手形を出してもらわなければならない。だから面倒くさいけれども、それだけに安全なわけだよ、治安という面ではね。

怪しいやつが、ちょっとどこかから来て住みついたりなんかすれば、すぐわかっちゃうの、近所で。近所でわかれば、すぐ目明しなり御用聞きなりがね、注意して見ているからね。だから犯罪というものがなかなか起きない。犯罪を起こすのは大変だよ、よほど覚悟をしてやらなけりゃ。いまでも日本がいちばん治安がいいというけれども、江戸時代の日本は文字通り世界一、治安のいい国だったろうと思う。イギリスでもフランスでも大変だよ、その頃は。滅茶苦茶ですよ、それは。政権がしょっちゅう変わる。変わるたんびにもう法律は変わる。ちょっと田舎へ出たらどんなことになるかわかりゃしない。だから世界一の文化都市だったわけですよ、当時の江戸というのは。

旅に出るときの心得といえばね、まず、いちばん気をつけなければいけないのは、江戸を出て京都なら京都へ行くという場合、江戸を出た途端にせかせか、せかせか歩くといけないんだよ。気が急くから、つい、どんどん行きたがるだろう。そうすると結局、足を痛めるんだよ。草鞋だから。マメをこしらえたりしてね。そういうことがあとに響いてくるわけだよ。

だから、第一日はゆるゆると行く。第一日目に余力を残しておけば、第二日目もスムーズに行ける。そうして第三日目、第四日目とだんだんペースを早めて行けば何でもない。やっぱり躰を慣らしながら行かないとね。ぼくがフランスの田舎を旅するときは、いつでもそうですよ。成田を発ってパリへ着くだろう。その日と次の日は、パリでのんびりしているわけだ。散歩するぐらいで。そうしてフランスの空気になじんだところで田舎めぐりに出かけるんだよ。何度も行っているけど、一度だって風邪ひとつ引いたことがないよ、ぼくは。

いまも昔も、旅の基本的な心得はちっとも変わらないということですよ。江戸にいるんなら足にマメができても何ともないが、旅先ではマメができたがためにどんなことが起こるかわからないわけだよね。だから、足をすっかり草鞋になじませて、土になじませて、徐々に、徐々に行かないと。結局はそれがいちばんいい。それはつまり、人生の生きかたと同じなんだよ。旅行をするとみんな人格が出ちゃうというのはそういうことですよ。

道中の、大きな町には、それぞれ遊郭があったわけだ。遊郭がないところでも、宿場にはたいてい飯盛り女というのがいる。だから旅をしていて女が欲しけりゃ、飯盛りを置いている旅籠に泊まればいいんだよ。むろん飯盛りを置かない旅籠もあるんだ、堅いね。女連れの人とか、そういう人は堅いところへ泊まる。

あとはもう袖を引っぱって大変だよ「寄ってらっしゃい、寄ってらっしゃァい」って。だけど、いくら飯盛りがいるといっても、男という男がみんな飯盛り女を買うわけじゃないからね。まあ、その気があったら、そういえばいいわけだ。お膳を持って来て、飯を盛ってくれたときにね。ちょっと心づけを弾んでおいて、夜になって宿屋中が寝静まると、やってくるわけ。

そのときの飯盛り女が気に入らなかったり、自分にその気がなかったりというときは、そういえばいい。きょうはごはんが済んだらすぐ床をとってくれ、くたびれたから風呂へ入ってあと寝ちゃうからとか、こういうふうにいえばもう断ったことになる。昔の人は、いまの男と違って、こういうことには慣れていたんだよ（笑）。

旅へ行くと女が欲しくなるっていうのがいるんだよな、いまでも。名前はいわないけど高名な評論家でインテリぶってるのがいて、旅に出ると必ず女を欲しがるんだよ。そういうのを見るとね、ふだん、家でおかみさんに頭が上がらないんじゃないかと思うよ、どうかわからないけどね。だから、ああいうのは江戸時代に生まれりゃよかったんだ（笑）。

男だってそれはもう大変だったわけだからね、江戸時代の旅というのは。ましてや女の場合はもう、旅先で解放感を味わうどころじゃない。身を守ることで必死ですよ。緊張しっぱなしだよ。だいたい女だけで旅をするということは、絶対といっていいほど、ない。まあ例外的にはあったろうけれども、その場合には下男がついて行くとかね。女の一人旅というのは、よくよくのことでない限りないよ。悪いやつがいっぱいいるんだから、街道にはね。

東海道みたいなところだって、人の通っていないところへ行ったらわかりゃしないもの。何されたってね。だから、映画にはよく出てるが女の一人旅ってのは昔はほとんどなかったといっていい。三味線抱えた鳥追い姿なんて、あれは江戸なら江戸の町だけにいてね、一人で長い道中なんかしないんだよ。旅から旅の鳥追い女なんて滅多にいないんだよ。

当時の宿屋の設備は、たとえば風呂なんか男女別々のところもあるし、別じゃないところもあった。やっぱり土地によって違う。女の客のための専用設備は少なかったでしょうね。江戸でも、風呂は混浴が許されているときと、許されないときと、時代によって違うんだよ。江戸の場合は、だいたい混浴が許されているのは都市だよ。温泉は別だよ。温泉というのはもうどこだって混浴だからね。いまより女の裸を見ることの例は多かったんだよ、昔のほうが。見ようと思えばね。

行水している姿を塀のすきまから見るという、浮世絵みたいな情景がどこにでもあったわけだ。その代わりにモラルが厳重なわけですよ。だから、人の娘でも女房でものぞきこんだりなんかしたら、キャーッといえばたちまち町の人が飛んで来ることになる。旅なんかそういうことができない。いくら叫んでもだめだから、危いというんだよ。

男でも相当な覚悟が必要だった、旅に出る場合はね。いまなら東京から京都まで三時間で行けるだろう、新幹線に乗れば。昔は半月以上もかかったんだから。その間にはひどい病気になるかもしれない。雨に遭ったり、水も変わってくるからさ。そういうときに備えて薬もいろいろと持って行かなければならないしね。

一日の旅を終わって旅籠へ入ると「濯ぎ」というのを持ってくるだろう。草鞋で歩き続けてきたんだからね、汚い泥足になってるわけだよ。そのままだと迷惑をかけるからね。それに客のほうも洗えばさっぱりする。だけど宿屋へ入ったって、安心はできないよ。胡麻の蝿もいるしさ。宿屋ったって部屋に鍵も何もないんだもの。泥棒が忍びこもうと思えば簡単なんだ。

だから、道中手形とか金とか、大事なものはいつでも全部身につけてなきゃいけない、寝るときもね。よほど旅慣れている人ならともかくとして、ほんとに、気の休まることは一瞬たりともないわけですよ。それで病気にもなりやすいんだ、神経をすりへらすから。

江戸時代も末期になればね、宿屋の設備もサービスもずいぶんよくなって、たとえば風呂へ行けば糠が置いてある。いまの石けんの代わりだよ。江戸もはじめの頃は、自分で全部そういうものを用意していかなければならない。鍋釜は持っていかないでいいんだ。宿屋にあるんだけど、煮炊きは自分で、台所貸してもらってやるわけだ。

戦国時代から江戸のはじめまではね。

安宿のことを木賃宿というでしょう。あの「木賃」というのは、そもそもは薪代のことですよ、宿屋で煮炊きするときの。だんだん戦争がなくなって、食糧の生産がふえ、人手もふえてくるに従って、宿屋で全部やってくれるようになったわけですよ。梅安の時代でもまだ素泊りの宿屋というのはある。というのも宿場には飯屋がいっぱいあるから。そういう安宿に泊まって、飯屋で食事をすれば経済的だよ。だけど、本来の意味での木賃宿というのはもうほとんどないな、梅安の時代になったらね。

宿場の場合は「旅籠」だけど、大都市に入れば、まあ「宿屋」としたほうがいいんだ、旅籠よりも。東海道なら京都のほうから来て品川までが旅籠だね。奥州街道なら千住から向こうとかね。江戸、京都、大坂というような大都市の場合は、もう町の中に入ったら宿屋のほうがいい、書くときはね。

旅籠っていうのは、原則として滞在しないいんだよ。あまり長い間滞在してはいけないことになっているんだから、街道の旅籠は。それはやっぱり病気なんかで、動くこともできないというような場合は、その宿場の町会所なり問屋場なりへ届け出て、こういうわけで長逗留するということをきちんとしなければならない。

京都から江戸へ出てきた商人なんかは、商売のために何日間も、あるいは何十日も同じところに泊まることになる。大都市の宿屋というのはそのためにあるわけだよ。宿屋なら滞在して構わないいんだよ。

遊郭の遊び

吉原っていうのはね、戦前、ぼくらが行ってるときはまだ木造建築が多くて、木造で三階建てとか二階建てが並んでいた。吉原に行ったからって、必ず女とそういうことをするために行くんじゃないんだよ。そりゃまあ、しないこともないけどさ（笑）。

ぼくの場合は、株屋にいたせいもあるけど、ちょっと違うんだな。やっぱり〝雰囲気〟を楽しみに行くんだね。夏なんかいいんだよ。冷房がないだろう、当時どこでも。で、物干しで寝るんだよ。女郎屋の物干し、これがいいんだ。涼しいわけ。妓夫太郎(ぎゆうたろう)に金やっておくと、物干しんとこにちゃんと蚊帳(かや)を吊ってくれるんだよ。自分の相方はもう、いいから行って稼いで来いよって、ほかの客のところへ。そこで、ちょっと一杯やって寝るんだよ。と、新内流しがこう通って行くのね。妓夫太郎にそういって、金を投げさせる。そうすると妓夫太郎が、

「お客さん、物干しだからね……」

と。すると大きな声でやってくれるわけだよ。そんなこと、だれにでもしてくれるわけじゃないよ。ぼくなんか何年分かまとめて前払いで置いてるから。だから、お女郎だって朝やっぱりちゃんと朝飯の支度をしてくれますよ。

いまはもう貧乏になっちゃったから、どうしようもない。あの頃は十七、八で身分不相応な大金を稼いでいたからね。前払金は最後までたっぷりと余ってたよ。

兵隊に行くときが最後だな、結局。

「正ちゃん、まだ二年ぐらい大丈夫よ」

なんていってたよ。そういわれても、こっちは戦死するかもしれないから、

「おれはもう兵隊に行くんだから、おまえ、いいようにしろよ」

と、いった。

いろいろなことを教えてくれるんだよ、お女郎が。躰をこわさない酒の飲みかたとか、客のためになることをさ。ぼくが行った中店——中店って中ごろの店、大華楼という店だったけど、新潟方面から来たいい女の人をいっぱい抱えてたんですよ。ご主人がいい人だったから、いいお女郎さんが集まっていた。

一つの店で一人の女の人に決めたら、もうほかの女に手出ししたらだめだ。ほか

の女に手出すならほかの店に行かなくちゃ。だけど、ぼくはもう一度決めたら絶対長続きのほうだからね、何でも（笑）。

変な話だけど、女の数を千人切りだのなんだのって自慢げにいったりする、あいうのはだめだよ。それでは女はわからない。一番最初は従兄（いとこ）が連れて行ってくれて、正太郎にはこういうのがいいなというのをちゃんと選択してくれた。そうするともう、兵隊に行くまで同じ。そのとき、ぼくが十六で、むこうは二十四、五だね。だからいろいろなことを教えてくれるわけですよ。当時の女の二十四、五歳といったらいまの四十ぐらいだもの、世間的な知識は。ましてや、ああいう商売にいる人だからね。ああ、やっぱりいうことときいといてよかったと思う、そういうことが随分ありましたよ。

十六歳でいきなり前払いしたわけじゃないよ。それは十八ぐらいのとき。ぼくは何でもそうなんだ。先に払っちゃうの、あればあるときにね。相場やってるんだからね。失敗するときだってあるんだから。これはぼくの性格なのかねえ……たとえば、たばこなんかでも一つ買うのはいやだった、昔から。ワンカートン買っちゃうわけよ。それでないとだめなんだよ、何でも。だから、いいと思ったものは必ず二つ買っちゃう。洋服でも。いまじゃできないよ、いまは金がないんだから（笑）。

それでいて、あの当時、タクシーなんかほとんど使わないんだ、それだけ金があったって。よほどのことでない限り、こんな若い者がタクシーなんか乗っちゃいけないと、そういうあれはあったんだな。

ぼくが十六、むこうが二十四、五ということはね、惚れるというのとは違うんじゃないの、ちょっと。まあ、自分の姉さんみたいな気じゃないの。気持ちの上でだんだんこう家族みたいになってくる。うちのおふくろが、だって、礼に行ったぐらいだからね、お女郎のところへ。ぼくが兵隊に行っちゃってから礼に行ってますよ。はじめのうちは絶対泊めないんだから。

「おっかさんが心配するから、お帰んなさい」

っていうんだから。十六のときはいつも九時には帰されてましたよ。そういうお女郎がいっぱいいいた、全部じゃないけど。だから従兄の最初の選びかたがよかったんだ、もともと。そこが大事なんだ。

ぼくのことはよく知っていたからね。だから、いろいろ相談したんじゃないの。ただもう女とそういうことをしたいがために行くんじゃないからね、別に。とにかく困っちゃうんだよ、金の使い途に。それで行くわけだからね、ぼくの場合は。

あとになって、おふくろが、

「あのとき地所を買っときゃよかった……」

というけどね、若いときはそんな分別はない。ましてや東京だろう。家なんか買うものじゃないと思ってる時代だからさ。

さりとて、おふくろにそんな大金やったら怪しまれる。叱られちゃうからね。だからおふくろには月に十五円ぐらいしかやらない。その頃は七円ですよ、大華楼が、泊まって。一般の人がね。当時、サラリーマンの初任給が五十円だ。その七円だよ。

だけど七円じゃ済まないよ。酒を飲んだり心付けをやったりで、すぐ十五円とか二十円とかになる。心付けはまた妓夫太郎とかさ、ご新造とか内証とか、みんなにやったら大変だ。ぼくは、それ、みんなひっくるめて渡しちゃったわけ。最初に、二万円ぐらいね。これでやってくれといって。それでも決して無駄づかいはしないよ、ちゃんと取っとくよ、むこうは。

五十銭のところもあったんだよ。そういうのはトントントンと階段を上がって行って、十五分ぐらいでトントントンと降りて来る。それでおしまい（笑）。そういうところもあるって聞いたよ。洲崎（すさき）へもぼくは行きましたよ。あそこは何がいいかというと、お女郎が面白いのがいるんだよ。翌朝、舟を出してハゼ釣りなんか二人でやってね、洲崎の海で。

つまりね、「童心に帰る」というところに遊びの醍醐味があるんだよ。女も男も童心に帰る、これでなきゃだめだ。金で買った女ということをこっちが思っちゃいけない。むこうも金で身を売ったという感じじゃなくて、両方が童心に帰って無邪気になるというところに醍醐味があるんだよ。それがなかったらもう女郎遊びはだめですよ。女郎遊びは、だから、セックスじゃないんだ。

無邪気ということはね、ユーモアを解さぬ女はだめということです。いや、それは男もそうだよ。いまは両方ともにユーモアを解さぬから切なくなってきたわけだよ。一つの目で見たら深刻になってしまう男女のことも、別の面から見たらもうこれはユーモアで解決できちゃうんだから。男も女も、結局、肝心なのは諧謔精神、これだよ。

男の料理

ぼくは食べもののことを書いたりするから、料理するのが昔から好きだと思われているらしい。本当は別に好きじゃないけどね。つまり、家内がいてさ、自分は毎日家内が作るものを食べていかなきゃならないでしょう。それで、家内を教育するためにやったわけですよ、魚のさばきかたでも何でも。魚なんかおろせやしないもの、家内は、はじめは。

ぼくは、そういうことをどこで覚えたかというと、ちゃんと習いましたよ。魚がおろせるには魚屋に習わなければだめだよ。

それから大事なことは盛りつけ。これを教えることだね。料理屋のような盛りつけをしろというんじゃないけれども、沢庵だってごてごてにおこうこ鉢に乗せちゃったらどうにもならないだろう、いくら家庭でもね。盛りつけのしかたを覚えるまでが大変だよ、女房は。男というものは、ちゃんとしたものを家で食べようと思ったら、女房に教えもし、ほうぼうへ食べに連れて行きもしなければ。

だけどね、これはいくら女でもね、いくら教えてもだめな女の人っているんだよ。そういう場合はあきらめるか、自分でやるしかない（笑）。ぼくは、いまは暇があればやってもいいと思うこともあるけど、やっぱりもう面倒くさいからな。それに後始末とかは全然だめ。たまに夜食を自分で作っても、後はそのまま。

だから、いまは自分がやることはほとんどないけど、こういうふうにしろということはいまでもいう。たとえば同じ鮪でも、きょうの鮪はこういうふうに切れといわないとだめだよ、魚を見て。うんと脂がのっているトロのときは薄く切れ、と。赤身のところだったら厚く切れ、と。あるいは、きょうは賽の目に切ってみろ、とかね。ぼくは材料は自分で必ず見ますよ。まあ、家にいる限りはね。うちのは、ほら、やっぱり六白の星だからね、ぼくと同じ星で。どちらかといえば悠々と坐って料理が出てくるのを待ってるほうだから（笑）。それをやらせるようにするのは、なかなか大変だったよ。だけど、生まれた月の星は四緑だからね、家内は。これは女の星だからまだいいんだよ。

おふくろなんか、嫌いなほうだね、どっちかというと。おふくろの料理というのは雑ですよ、一般的に見ても。それでもみんなおふくろの味を懐かしく思うというのは、とにかく材料がいいからね、昔は。

うちのおふくろに限らず、どこのおふくろさんでも、だいたい同じようなものを作るわけだよ。アサリだのハマグリだのさ、そういうものが新鮮に安く手に入って、それをあんまり手をかけないで出すんだよ。忙しいからね、みんな、東京の人は。

このごろ、男の手料理とか、男が台所に入っていろいろやったりするのがブームのようになっている。そういう本もたくさん出ている。ぼくは、男が台所に入ることに対して、必ずしも不賛成ではないけれどね、それはあくまでも「女に教える」ために入れということですよ。いつまでもやってろというんじゃないんだよ。基本的な分担というものがあるわけでしょう、男と女と、それぞれに。

家庭で台所に立つのは、やっぱり女房ですよ、男には男の仕事があるんだから。ただ、女房の教育とか監督は男がしなきゃいけないということです。

徳川家康でも、織田信長でも、料理に対しては無関心じゃないんだよね。徳川家康はケチンボだといわれているけれども、お客するときは吸物を三十種類ぐらい作らせるんだからね。料理番に。それ、全部自分が味見をして、これにしろと決めるわけですよ。それをいうんだよ、ぼくがいうのは。

男が台所へ入って、前掛けしめてだね、きょうは中華料理を作るとか、ハンバーグかなんか作って、ね、うまいだろう、うまいだろうって女房子どもに食わせて、ひとりでうれしがっている……いるでしょう、そういうのが。近頃はそういうのが流行というか、「進んだ亭主」なのかもしれないが、ぼくがいうのはそういうのとは違うんだよ。

刺身ひとつでも、刺身をこういうふうにひけったって、やって見せなきゃわからないさ、はじめは。だからそれで自分が台所へ入ってやって見せて教えるわけだよ。まあ、教えるだけの知識が自分になけりゃ、これはしようがないけどね。とにかく最初は、まずいもの食わしたら、パーンとお膳をひっくり返さなきゃだめだよ、結婚したら。それと、連れて行くことだよ、おいしいところへ。威張ってるばかりじゃいけない。

うちの家内は結婚したときにはね、何もできなかったの。だからもう、油揚げの中へ卵入れてさ、で、なんか閉じてこうやる。どこで覚えてきたんだか、あれだけしか知らないんだ。初めてのときは一回ぐらいは食えるけどさ、そればっかり出て来たんじゃ（笑）。だから料理学校へ通わせたよ。料理学校にもいろいろあるけど、変なところじゃなくて、ちゃんと惣菜を教える料理学校ならいい。すると、行って来た日から違う、てきめんに。人にもよるだろう、もちろん。いくら通ってもすぐ忘れちゃって何も身につかないような人もありますよ。それでもまあ、行かないよりましだよ。

（聞き書き・佐藤隆介）

池波正太郎略年譜

一九二三年――大正12年
一月二十五日、東京の浅草に生まれる。父、富治郎。母、鈴。この年の九月に起こった関東大震災のため、埼玉県の浦和に転居。

一九二九年――昭和4年…六歳
東京に戻り、根岸小学校に入学する。やがて両親が離婚したため、浅草の母の実家で暮らし、西町小学校に転入。祖父に連れられて芝居見物や絵画の展覧会に行くようになる。屋台の牛飯屋めぐりをする。

一九三三年――昭和8年…十歳
従兄に連れられて映画や新国劇の舞台観劇に行く。特に新国劇には感動し、「その舞台の、得体の知れぬ熱気の激しさ強さは、むしろ空恐ろしいほどのもので、十歳の私は興奮と感動に身ぶるいがやまなかった。……いまにして思えば、この観劇の一日こそ、後年の私を劇作家にさせた一日だったといえよう」と述懐している。

一九三五年――昭和10年…十二歳
小学校を卒業し、現物取引所に勤める。四ヶ月後に辞めて、日本橋兜町の株式仲買店に勤務。レストランの洋食に凝る。社会人の頃は、「何事もつまらぬことばかりで、自分の日常が『社会』につながっていることは何一つない」という。

一九四一年——昭和16年…十八歳
日米開戦のニュースを聞くが、すぐに八重洲口のレストランに行き、ビール、牡蠣フライ、カレーライスの食事をとり、映画『元禄忠臣蔵』を観る。

一九四二年——昭和17年…十九歳
国民勤労訓練所に入る。後、芝浦の萱場製作所に入所し、旋盤機械工となる。

一九四三年——昭和18年…二十歳
所内の様子等を描いた作品を『婦人画報』の「朗読文学」欄に投稿し、数編が入選する。

一九四四年——昭和19年…二十一歳
横須賀海兵団に入団、横浜磯子の八〇一航空隊に転属。

一九四五年——昭和20年…二十二歳
三月十日の大空襲により浅草の家が焼失。五月、鳥取県米子の美保航空基地に転出、水兵長に進級する。同基地で敗戦を迎え、八月二十四日に帰郷。

一九四六年——昭和21年…二十三歳
下谷区役所に勤務し、ＤＤＴの散布等に従事する。戯曲「雪晴れ」を読売新聞社の読売演劇文化賞に応募、選外佳作となり、新協劇団で上演される。

一九四七年——昭和22年…二十四歳
第二回読売演劇文化賞に「南風の吹く窓」が選外佳作となる。

一九四八年——昭和23年…二十五歳
第二回読売演劇文化賞の選者だった長谷川伸の門下生となる。

一九五〇年――昭和25年…二十七歳
片岡豊子と結婚する。

一九五一年――昭和26年…二十八歳
戯曲「鈍牛」が新橋演舞場で上演される。以後、約十年間、新国劇の脚本を執筆する。

一九五二年――昭和27年…二十九歳
下谷区役所より目黒税務事務所へ転勤となる。

一九五四年――昭和29年…三十一歳
長谷川伸の勧めにより小説を書き始める。短編小説「厨房(キッチン)にて」を『大衆文芸』十月号に発表。

一九五五年――昭和30年…三十二歳
戯曲「名寄岩」を新国劇で初演出。目黒税務事務所を退職し、執筆活動に専念する。

一九五六年――昭和31年…三十三歳
『大衆文芸』十一月号、十二月号に掲載された「恩田木工」が下半期の直木賞候補となる。
この頃、後に『鬼平犯科帳』の主人公となる、火付盗賊改方の長谷川平蔵に興味を持つ。

一九五七年――昭和32年…三十四歳
『大衆文芸』六月号に掲載された「眼」が上半期の直木賞候補、同十二月号に掲載された「信濃大名記」が下半期の直木賞候補となる。

一九五八年――昭和33年…三十五歳
『大衆文芸』十一月号、十二月号に掲載された「応仁の乱」が下半期の直木賞候補となる。

一九五九年――昭和34年…三十六歳

一九六〇年
昭和35年…三十七歳
九月、初の単行本『信濃大名記』（光書房）を刊行。
『大衆文芸』六月号に掲載された「秘図」が上半期の直木賞候補となる。
『オール讀物』四月号に掲載された「錯乱」により、第四十三回直木賞を受賞する。
九月『竜尾の剣』（東方社）、十月『錯乱』（文藝春秋新社）、十一月『応仁の乱』（東方社）、
十二月『真田騒動―恩田木工』（東方社）を刊行。

一九六一年
昭和36年…三十八歳
『オール讀物』八月号に掲載された「色」が、『維新の篝火』の題名で映画化（片岡千恵蔵主演）される。
六月『眼』（東方社）を刊行。

一九六二年
昭和37年…三十九歳
『内外タイムス』『週刊アサヒ芸能』などに初めての週刊誌連載を開始する。

一九六三年
昭和38年…四十歳
六月、師の長谷川伸が心臓衰弱のため死去。
六月『夜の戦士』（東方社）、十月『人斬り半次郎』（東方社）を刊行。

一九六四年
昭和39年…四十一歳
『週刊新潮』一月六日号掲載の「江戸怪盗記」に初めて長谷川平蔵を登場させる。
三月『真説・仇討ち物語』（アサヒ芸能出版）、四月『賊将』（東方社）、『幕末新選組』（文藝春秋新社）、五月『幕末遊撃隊』（講談社）を刊行。

一九六五年

昭和40年…四十二歳

八月『忍者丹波大介』（新潮社）、九月『娼婦の眼』（青樹社）、十二月、現代小説『青空の街』（青樹社）を刊行。

一九六七年

昭和42年…四十四歳

一月『信長と秀吉』（学習研究社）、二月『卜伝最後の旅』（人物往来社）、三月『堀部安兵衛』（徳間書店）、四月『スパイ武士道』（青樹社）、八月『さむらい劇場』（サンケイ新聞社出版局）、『忍者群像』（東都書房）、十月『西郷隆盛』（人物往来社）を刊行。

一九六八年

昭和43年…四十五歳

十二月『鬼平犯科帳』第一巻を文藝春秋から刊行する。この後、平成二年七月まで、番外編一を含むシリーズ全二十冊が刊行されることになる。

一月『にっぽん怪盗伝』（サンケイ新聞社出版局）、十月『仇討ち』（毎日新聞社）、『鬼火』（青樹社）、十一月『武士の紋章―男のなかの男の物語』（芸文社）を刊行。

一九六九年

昭和44年…四十六歳

「鬼平犯科帳」が連続TVドラマ化される。八代目松本幸四郎、丹波哲郎、萬屋錦之介、二代目中村吉右衛門らの主演により、その後幾度も制作・放映されることになる。

一月、自伝的エッセイ『青春忘れもの』（毎日新聞社）、三月『蝶の戦記』（文藝春秋）、四月『剣客群像』（桃源社）、五月『近藤勇白書』（講談社）、十月『侠客』（毎日新聞社）、十二月『江戸の暗黒街』（学習研究社）を刊行。

一九七〇年

昭和45年…四十七歳

二月『戦国幻想曲』（毎日新聞社）、六月『夢中男』（桃源社）、八月『ひとのふんどし』（東京文芸社）、十月『編笠十兵衛』（新潮社）、十二月『槍の大蔵』（桃源社）を刊行。

一九七一年――昭和46年…四十八歳
四月「鬼平犯科帳―狐火」が明治座で上演され、演出を手がける。
二月『英雄にっぽん』（文藝春秋）、三月『闇は知っている』（桃源社）、『火の国の城』（文藝春秋）、七月『敵討ち』（新潮社）、九月『おれの足音』（文藝春秋）を刊行。

一九七二年――昭和47年…四十九歳
「必殺仕掛人」が連続TVドラマ化される。
食や映画などに関するエッセイの連載が始まる。
一月『まぼろしの城』（講談社）、三月『仇討ち群像』（桃源社）、『あいびき―江戸の女たち』（講談社）、四月『その男』（文藝春秋）、六月『池波正太郎歴史エッセイ集―新選組異聞』（新人物往来社）、十月『忍びの風』（文藝春秋）、十一月『この父その子』（東京文芸社）を刊行。

一九七三年――昭和48年…五十歳
「剣客商売」が連続TVドラマ化される。一月『剣客商売』を新潮社から刊行する。以後、平成元年十月まで、番外編二を含むシリーズ全十八冊が刊行される。
三月『殺しの四人―仕掛人・藤枝梅安』を講談社から刊行する。以後、平成二年六月までシリーズ全七冊が刊行される。
五月から九月まで、『池波正太郎自選傑作集』全五巻を立風書房から刊行する。

六月、松竹で『必殺仕掛人』（田宮二郎主演）、九月『必殺仕掛人・梅安蟻地獄』（緒形拳主演）が映画化される。
三月『黒幕』（東京文芸社）、四月『獅子』（中央公論社）、六月、エッセイ『食卓の情景』（朝日新聞社）を刊行。

一九七四年――昭和49年…五十一歳
二月、松竹で『必殺仕掛人・春雪仕掛針』が映画化（緒形拳主演）される。十二月『真田太平記』一巻を朝日新聞社から刊行、昭和五十八年四月まで全十六巻が刊行される。
五月『闇の狩人』（新潮社）、十二月『雲霧仁左衛門』（新潮社）を刊行。

一九七五年――昭和50年…五十二歳
「出刃打お玉」（歌舞伎座）、「剣客商売」（帝国劇場）、「必殺仕掛人」（明治座）が上演され、演出を務める。
二月『江戸古地図散歩―回想の下町』（平凡社）、六月『戦国と幕末』（東京文芸社）、九月『忍びの女』（講談社）、十月『剣の天地』（新潮社）、十一月『男振』（平凡社）『映画を食べる』（立風書房）を刊行。

一九七六年――昭和51年…五十三歳
三月から十二月まで、『池波正太郎作品集』全十巻が朝日新聞社から刊行される。
一月『男の系譜』（文化出版局）、二月『男のリズム』（角川書店）、十二月『池波正太郎の映画の本』（文化出版局）を刊行。

一九七七年――昭和52年…五十四歳

二月「市松小僧の女」を作・演出、歌舞伎座で上演される。四月、第十一回吉川英治文学賞を受賞する。フランスへジャン・ギャバンについての取材旅行。十一月、「市松小僧の女」により第六回大谷竹次郎賞を受賞する。

一九七八年
昭和53年…五十五歳
六月『又五郎の春秋』（中央公論社）、『新年の二つの別れ』（朝日新聞社）、七月『おとこの秘図』（新潮社、翌年の十二月まで全六巻が刊行される）、八月『私のスクリーン＆ステージ』（雄鶏社）、十一月『回想のジャン・ギャバン―フランス映画の旅』（平凡社）、十二月『散歩のとき何か食べたくなって』（平凡社）を刊行。
三月から十一月まで、『池波正太郎短編小説全集』全十巻別巻一が立風書房から刊行される。
七月、松竹で『雲霧仁左衛門』が映画化される。
十月『フランス映画旅行―池波正太郎のシネマシネマ』（文藝春秋）を刊行。

一九七九年
昭和54年…五十六歳
ヨーロッパへ旅行する。
一月『忍びの旗』（新潮社）、二月『私の歳月』（講談社）、七月『旅路』（文藝春秋）を刊行。

一九八〇年
昭和55年…五十七歳
ヨーロッパへ旅行する。
自筆の絵を収めた本が多く刊行され始める。
二月『映画を見ると得をする』（ごま書房）、六月『旅と自画像』（立風書房）、七月『日曜日の万年筆』（新潮社）、『最後のジョン・ウェイン―池波正太郎の「映画日記」』（講談社）、十二月『夜明けの星』（毎日新聞社）を刊行。

一九八一年――昭和56年…五十八歳
四月『よい匂いのする一夜―あの宿この宿』（平凡社）、『男の作法』（ごま書房）、七月『旅は青空』（新潮社）、十二月『田園の微風』（講談社）を刊行。

一九八二年――昭和57年…五十九歳
ヨーロッパへ旅行する。
五月『味と映画の歳時記』（新潮社）、九月『一年の風景』（朝日新聞社）を刊行。

一九八三年――昭和58年…六十歳
二月『黒白』全三巻（新潮社）、四月『ラストシーンの夢追い―池波正太郎の「映画日記」』（講談社）、九月『ドンレミイの雨』（朝日新聞社）、十一月『雲ながれゆく』（文藝春秋）を刊行。

一九八四年――昭和59年…六十一歳
ヨーロッパへ旅行する。
一月『むかしの味』（新潮社）、五月『梅安料理ごよみ』（講談社）、十月『食卓のつぶやき』（朝日新聞社）を刊行。

一九八五年――昭和60年…六十二歳
気管支炎により喀血し、初めて入院生活を送る。
二月『スクリーンの四季―池波正太郎の「映画日記」』（講談社）、三月『池波正太郎のパレット遊び』（角川書店）、四月『東京の情景』（朝日新聞社）、七月『ルノワールの家』

（朝日新聞社）、十一月『夜明けのブランデー』（文藝春秋）、十二月『池波正太郎の銀座日記Ⅰ』（朝日新聞社）を刊行。

一九八六年――昭和61年…六十三歳
母・鈴死去。紫綬褒章を受章する。
四月『まんぞく まんぞく』（新潮社）、五月『新 私の歳月』（講談社）、十月『秘伝の声』（新潮社）を刊行。

一九八七年――昭和62年…六十四歳
二月、池袋の西武百貨店で「池波正太郎展」が開催される。
三月『きままな絵筆』（講談社）を刊行。

一九八八年――昭和63年…六十五歳
一月『池波正太郎自選随筆集』（上・下）を朝日新聞社から刊行する。五月、フランスへ旅行。九月、ヨーロッパ（西ドイツ、フランス、イタリア）へ最後の旅行。十二月「大衆文学の真髄である新しいヒーローを創出し、現代の男の生き方を時代小説の中に活写、読者の圧倒的支持を得た」として第三十六回菊池寛賞を受賞する。
四月『原っぱ』（新潮社）、『池波正太郎の銀座日記Ⅱ』（朝日新聞社）を刊行。

一九八九年――平成元年…六十六歳
五月、銀座「和光」で初の個展「池波正太郎絵筆の楽しみ展」を開催。
三月『江戸切繪圖散歩』（新潮社）、四月『池波正太郎の春夏秋冬』（文藝春秋）、五月『ル・パスタン』（文藝春秋）を刊行。

一九九〇年——平成2年…六十七歳

二月「鬼平犯科帳—狐火」が歌舞伎座で上演される。

三月十二日、三井記念病院に入院。急性白血病と診断される。五月三日午前三時、死去。西浅草の西光寺に葬られる。勲三等瑞宝章を受章する。

十二月から翌年の三月まで、『池波正太郎傑作壮年期短編集』全二巻が講談社から刊行される。

一九九一年——平成3年

十二月から翌年の七月まで、『池波正太郎短編コレクション』全十六巻が立風書房から刊行される。

四月『剣客商売—庖丁ごよみ』（新潮社）を刊行。

一九九八年——平成10年

五月から二〇〇一年三月まで、『完本池波正太郎大成』全三十巻別巻一が講談社から刊行される。

十一月、長野県上田市に「池波正太郎真田太平記館」が開館。

二〇〇一年——平成13年

九月、東京都台東区立中央図書館に併設した施設として、「池波正太郎記念文庫」が開館。

二〇〇三年——平成15年

二月から六月まで、『池波正太郎未刊行エッセイ集』全五巻が講談社から刊行される。

（年譜作成＝高丘卓）

【収録誌・単行本】

一章　鬼平の花見

散歩……………………………………「現代」一九七五年
〈鬼平〉の花見………………………「季刊グルメ」一九八四年
余裕ある時代の風俗…………………「歴史と人物」一九七四年
時代小説の食べもの…………………「週刊朝日」一九八三年
卵のスケッチ（A）…………………「週刊朝日」一九八三年

二章　江戸の味

各題「江戸の味・池波正太郎」より…………『池波正太郎・鬼平料理帳』文藝春秋　一九八二年

三章　梅安の暮らし

各題「池波正太郎・梅安を語る」より……『梅安料理ごよみ』講談社　一九八四年

＊編者注――本書に右記作品を収録するに際し、テクストは『池波正太郎・鬼平料理帳』（文春文庫、一九八四年）、『梅安料理ごよみ』（講談社文庫、一九八八年）、『私の歳月』（講談社文庫、一九八四年）、『新 私の歳月』（講談社文庫、一九九二年）、『食卓のつぶやき』（朝日文庫、一九八九年）、『私が生まれた日　池波正太郎自選随筆集①』（朝日文芸文庫、一九九六年）を定本とした。

そんなら、魚もいけないだろ。

魚だって、生きものだもの。

株屋にいた時分
可愛がってくれた
（他のお店の）
おじいさんの外交員
その若いお嫁さんが
山の芋を
一所懸明
擂り鉢で擂っている
何ができますか、それで
「芋酒なんですよ」
って、真っ赤になった
いや、正ちゃん
若い嫁をもらうと
の
これが効くんだ

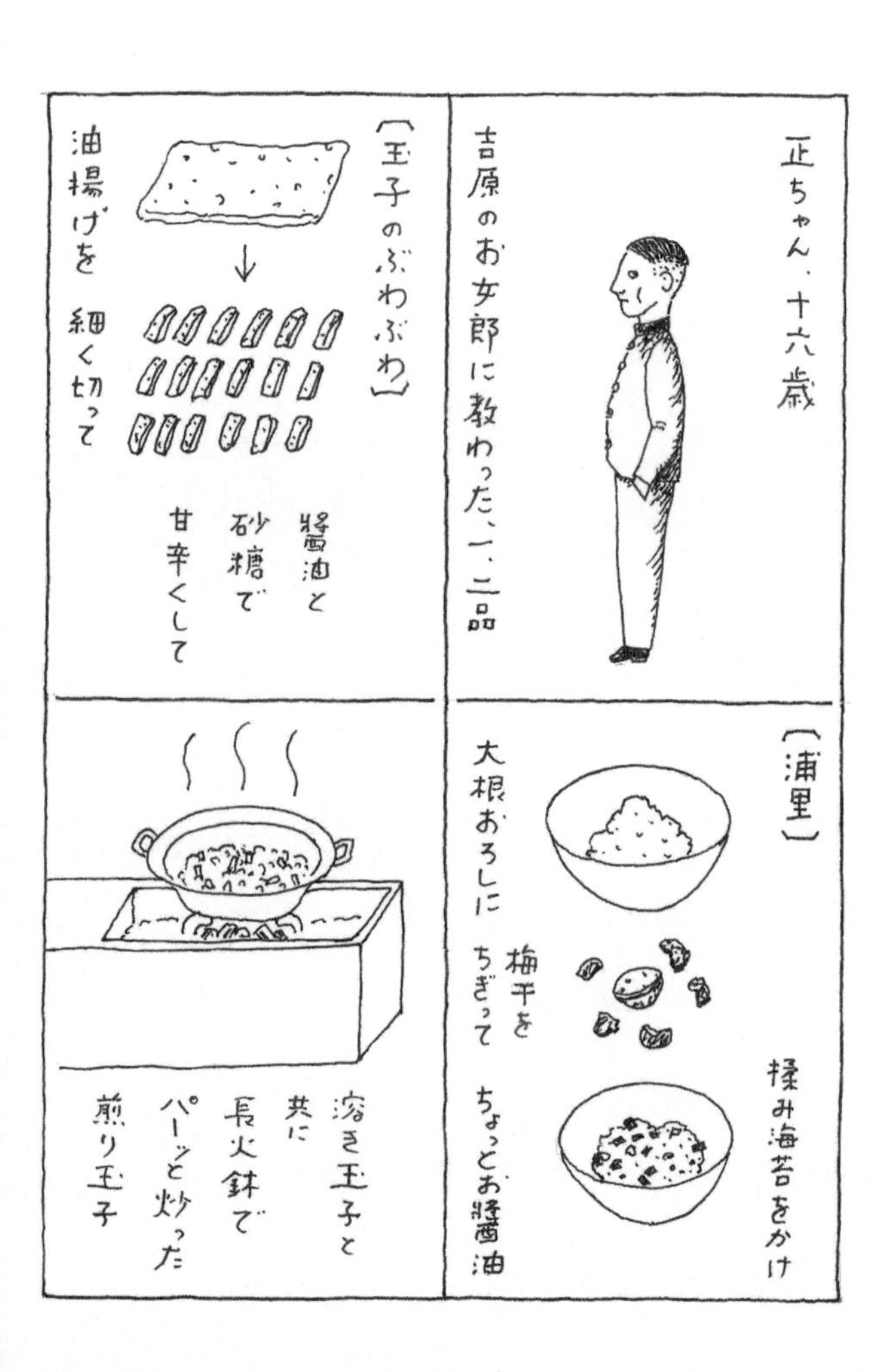

正ちゃん、十六歳
吉原のお女郎に教わった、一、二品
〔浦里〕
大根おろしに
梅干を
ちぎって
揉み海苔をかけ
ちょっとお醤油
〔玉子のぶわぶわ〕
油揚げを 細く切って
醤油と
砂糖で
甘辛くして
溶き玉子と
共に
長火鉢で
パーッと炒った
煎り玉子

赤穂浪士討入りの夜
堀部家では飯を炊きはじめた
用意した鴨の肉を焙って
小さく切ったのへ、つけ汁をかけまわし
そこへ、安兵衛の親友、細井広沢が
「ちょうどよい」
生卵をたくさんたずさえ、激励に
生卵をたっぷり割り込み、味をつけ
鴨肉ときざんだ葱を入れ
炊きたての飯と共に。池波さんも好んだ。

編者解題——最後の東京人

高丘　卓

■大川端と人形丁

隅田川（大川）の流れにそって架かる、両国橋から新大橋までのあたりは、江戸のころから大川端とよばれ、風光明媚（めいび）な土地柄として知られた。いま浜町公園のあるこの一帯は、かつて広大な大名屋敷が広がり、南から北へ、隅田川と神田川を結ぶ運河、浜町川（旧名を竜閑川といい、いまは埋め立てられ、浜町緑道公園になっている）が流れ、この堀を挟んで日本橋川あたりまでが、人形丁（町）と呼ばれた町人町であり、芝居小屋、花街、料亭、そしてさまざまな商店が軒を連ねる、江戸随一の繁華街であった。

維新直後の明治四年、新政府参議となった西郷隆盛が、鹿児島から新・東京府に移り住んだのは、この人形丁の一画、蠣殻町（かきがらちょう）（旧）で、屋敷は二六三三坪もある壮大なものだった。現在、その一部に日本橋小学校が建っている。

当時、西郷邸の手前には、日本橋川から分かれ堀留町にいたる堀が切られていて、その堀に架かる親父橋のたもとに、水菓子（果物）を商う千疋屋があった。せごどんはこの店が気に入り、夏になると「でっかな西瓜持ってこいよ」と、店中に響く大声で注文に来たという伝説が、千疋屋社史に残されているそうである。蠣殻町に隣り合う芸妓の町、芳町に、まだ騒き唄が絶えなかった時代である。

本書所収の池波正太郎のエッセイ「散歩」に、大川辺りの風情を旧懐してこうある。

「つい、二、三年ほど前（一九七〇年代初頭＝筆者注）までは、大川に面した座敷にいると、暗い川面の向こうから船行燈をつけた小舟が近寄って来て、新内や声色を聞かせたものであった。

新内の三味線が川面に聞こえ、船行燈が夜の闇の中をすべって来るのをながめていると、それが、まぼろしのように感じられたものだ。

ということは、すでに、遊びの中にもこうした余裕が失われつつあったのである。」

大正の関東大震災の大火から、見事に甦った江戸・東京は、その後、太平洋戦争での米軍による無残な爆撃で焦土と化した。それでも、戦後、在りし日の下町情緒が、窶れたとはいえ、このころまでは、その面影を偲ぶことができたという、池波正太郎による証言である。

■花見、浜町藪

この春、わたしは、人形町に引っ越してきてから四度目の花見を、大川端の浜町公園で味わった。公園を突っ切り、大川をのぞむ護岸へと登りきると、喫煙のゆるされた一角がある。そこに置かれた木製のベンチに腰をかけ、缶ビールを飲み、甘酒横丁の「久助」で買いもとめた焼鳥弁当をつまんだ。頭上では染井吉野が満開である。春風に花びらが舞う。気まぐれな大川の川風が体をつつむ。うららかな天気、酒、うまい弁当……ああ、春の恵み、春の至福と、もし心底そう堪能できたならば、どれほど感激したであろうか。

しかし、ありのままに書けば、花見のあいだ、わたしは、桜の木々の頭上を覆う、高速道路を通過するトラックや乗用車の轟音にさらされつづけていた。しかも、対岸の深川方面を見渡すと、灰色のコンクリートの壁が、両国橋から遠く永代橋へと延々とつづいていて、気が晴れるどころか、滅入ってしまったのである。

池波正太郎のエッセイはこうつづく……。

「……果して、間もなく、大川辺りには〔護岸〕と称し、コンクリイトの堤が築かれ、川辺りの人びととの交流を断ち切ってしまった。

護岸といっても、これは大川の悪臭が非難されたからに他ならない。

悪臭の源は放置したままで、今度は、大川辺りの上へ高速道路を架けてしまった。

当時は、いわゆる高度成長に狂奔しかけていたときで、都市の機能と人びとの生活にあらわれる歪を、政治家や役人が、みな〔泥縄式〕に処理してしまったのである。」

浜町には、いまでも池波正太郎が贔屓にしていた、明治三十七年創業の老舗「浜町藪」が残っている。甘酒横丁の先の、緑道公園との交差点（かつての蠣浜橋）を渡った道筋のすぐ右手にある。店は戦前まで、浜町公園入り口左手に建つ明治座の裏手にあったそうだが、戦後、いまの場所に移り、最近ビルにしたそうである。池波氏は明治座で自分の芝居がかかったり、演出をたのまれたりしてこの劇場におとずれるとき、決まって浜町の藪に足を運び、昼酒を飲み、蕎麦を食うのを楽しみにしていた、と書いている。

人形町で暮らすようになって、わたしも、この店にしばしば顔をだす。蕎麦はもちろんだが、わたしの好物は、ここの親子丼である。池波氏がこの親子丼を所望されたかどうかは、書いていないので判らないが、他では味わえない独創的な代物だ。もぐもぐと食うのではなく、汁気をおおくして、さらさらと流し込んで食べるような工夫が凝らされているのである。物の味には好みがあるので、万人に保証するわけではないが、食べ終わると、どこからともなく、うーん、これが江戸前の味か、と信じこませるほど、躰全体が腑に落ちるような感慨につつまれる。この親子丼に初めて邂逅したとき、わたしは女将にこう尋ねた。

「これは、昔のままの味なんですか？」

するとと女将は、こう応えたのである。

「さあて、昔のままかどうか……たしかに鳥の肉も、鰹節も、お醤油も、卵も、同じ等級のものを、ずっと同じ問屋から仕入れています。でも、いまのものはねえ……味も出来も大分に変わってしまいましたから……ただ、作り方は、いっしょ、ずっと昔のままですよ」

女将の、筋の通った謙虚な応対に、ますますこの店に惚れこんでしまったが、この親子丼、なんというか、下町の粋をきわめたような味わいがするのである。

■東洋のヴェニス

明治時代、近代日本資本主義の父と呼ばれる渋沢栄一は、この一帯を東洋のヴェニスにたとえ、兜町・日本橋川沿いの、現在、日証館のある一角に、広大なヴェネツィア風洋館を建て経済発展の拠点とした。やがて兜町は日本のウォール街として隆盛を遂げる。池波正太郎が株屋の少年店員として勤めていたのも、まさにこの兜町であり、池波文学の原点の町でもある。兜町のお膝元、人形町もまた、水運の利を活かした、首都の食品交易の一大拠点として繁盛をきわめていった。

ところが、戦後の為政者や経済人たちは、この水の都に張りめぐらされた運河を、はじめは焦土のガレキの捨て場として、つぎに隅田川と同じ理由、すなわち悪臭が上がってくる、ヘドロが溜まるといって、下水道工事などは放置したままで、ことごとく埋め立ててしまった。なんと数百年にわたって刻まれてきた、江戸・東京の歴史、風物、瀟洒な文化的遺産を、蒙昧にも消滅させてしまったのである。前回の東京オリンピックのころである。

池波正太郎のエッセイ『散歩のとき何か食べたくなって』（新潮文庫）の「近江・招福楼」の項にこうある。

「私が生まれ育った東京は、あの〔東京オリムピック〕以来、人が住む都市ではなくなってしまい、高度成長なぞという、泥くさくて人を小莫迦にしたようなフレーズをかかげての、政治家と役人による物心両面の破壊工作が狂暴に急速に進行しはじめたので、／（これはいまに、東京では、水も空気も人なみに摂ることができなくなるのではないだろうか？）／と、おもいはじめたことがある。」

このころ、池波氏は時代小説『鬼平犯科帳』や『仕掛人・藤枝梅安』などの、時代描写の細やかなレトリックの素材をもとめ、滋賀県近江をよく取材に訪れていた。この町にはまだ、江戸時代の風趣や暮らしぶりの名残が保存されていたからである。そして、本気で「近江に移住しようか……」と考えた。結局実現はしなかったが、池波氏の、いまや滅亡を待つばかりとなった下町への絶望感は、日々、深まるばかりとなる。川や運河を破壊したばかりでなく、東京再開発だ、道路の拡幅だといって、デベロッパーがけしかける地上げ屋が跋扈し、人びとに脅迫まがいに立ち退きを迫る。下町の暮らしは攪乱される。

池波正太郎の最後の小説（現代小説）となった『原っぱ』（新潮文庫）に、そのときの非道ぶりが再現されている。おそらく、池波氏が育った浅草・永住町あたりが舞台と想像されるが、そこでコーヒー・パーラーを経営する小学校時代からの友人・田村と交わされる会話である。

…………

「何かあったのか？」

「うむ……この辺にも、とうとう地上げ屋の手が伸びてきたんだよ」

「えっ」

「うちの二、三軒先に魚屋があったろう？」

「魚勝（うおかつ）」

「そう。あそこも消えてしまった。気がつかなかったか？」

「そういえば……何か、いつもとちがうような気がした。そうか、魚勝がね」

「清鮨（せいずし）も何処（どこ）かへ行ってしまった。翁堂（おきなどう）もビルになる。商売はやめるらしい。大通りの菊の湯も廃業した」

たった一年の間に、牧野（主人公で引退した脚本家＝筆者注）の故郷ともいうべき、浅草の一隅にある町が、これだけ変ろうとは……。

「けど田村。ここは、君の地所なんだろう？」

「うん。だが、地上げ屋は実にひどいことをするよ」

「どんなこと？」

「一口にはいえない。ずいぶん、おれも闘ったんだが、これ以上、我慢できない。魚屋も八百屋もない、行きつけの鮨屋もない、銭湯（ゆや）もないような町内で暮しても仕方がないじゃないか。少くとも、おれのような人間はダメだね。いさぎよく、負けることにしたよ」

「で、どこへ行くんだ」

…………

こうしてコーヒー・パーラーの店主・田村は、浅草を去り、東京近郊の町に引っ越してゆく。池波正太郎は、江戸・東京に代々暮らしてきた人びとを、現在の東京人と区別して、「東京人」と読み仮名を付けて書くが、東京オリンピックのころを境にして、この東京人の大半が、この都市から追い払われてしまったのである。

人形町に、代々薬局を営み、いまでも小さな店を出す東京人がいる。昭和六年生まれのこの主人が、あるとき重い口をひらき、こんなことを話してくれた。

「昔はね、ここらは芳町っていってたんだよ。向こうっかたは、浪花町、粋だろう。芸者衆もいっぱい小路を歩いててね、この裏から、水天宮の交差点まで、知らねえ奴なんてひとりもいなかったよ。飲み屋も飯屋も料亭もいっぱいあって、毎んち夜になるとでかけたよ。水天宮の角んとこに饅頭屋があってさ、一んちじゅう湯気が上がって、繁昌してたよ。だけどさ、みんないなくなっちまったよ。もう知り合いなんて、ひとりもいねえよ。店の前に、夕方になると縁台出してさ、みんなで酒飲んだもんだけど、信じられねえだろう。忘れちまったよ、もうみんな忘れちゃったよ。……」

■最後の東京人

平成二（一九九〇）年五月、池波正太郎は急性白血病で、忽然と世を去る。なんと六十七歳という、早すぎる死であった。池波氏は、死の前年、銀座和光で「絵筆の楽しみ」という自身の絵の個展を催す。そこに招待された作家の山口瞳が、そのときの池波正太郎の姿を書き残している。その文章は、池波氏の葬儀のさいに読まれた弔辞（『あいびき——江戸の女たち』池波正太郎短篇コレクション／立風書房／一九九一年十二月刊に解説として収録）であるが、瀕死の東京人の喘ぎが、痛ましいまでに伝わる文章である。会場に集まった客の前で挨拶をすませると、池波氏は控え室に姿を隠してしまう……。

「主催者であるのに控え室に閉じこもって出てこられないのです。仕方がないので、花束をもった妻と二人で控え室に押しかけました。そこで私は、こんなことを言いました。

『私は軍隊に行って泣かされましたし、終戦直後からサラリーマンになって物凄く苦労しました。小説家になってからも一生懸命に働いたと思っています。だから、もう仕事をしないことにしました。御役御免にしてもらおうと思っています』

するとと池波さんはこう言うのです。

『俺なんか十三歳の時から奉公に出て、ずっと働きづめだった。……それがよう、いま、酒は盃に四杯しか飲めない体になっちまった。……いや、もう、飲みたくないいんだよ』

その言葉は私の胸にズシンと響きました。」

歴史の記憶を奪われ、痕跡を掻き消され、東京は、都市も人も、記憶喪失にさせられてしまった。池波氏のこの絞りだすような呟きは、東京を愛してやまなかった、最後の東京人の永訣の言葉であろう。町は人がつくり、その営みが文化を生む。またその文化が町と人びととの繋りを育み成熟させていく。美も、学問も、芸能も、料理も、酒も、歴史の積み重ねによって伝統が生まれる。そこに人生の喜びを見出すのが、人間というものであろう。しかし、記憶喪失の都市に住む現代の東京人は、作家・池波正太郎の言葉の重さを、理解する方便さえない。いったい、こんな文明国家があるだろうか。山口瞳は、小説『原っぱ』の主人公に仮託した池波正太郎の言葉を引用して、弔辞をこう締めくくる。

「『仕方がない、旅をしているつもりで暮そう』と思うようになります。どこかわからない町に住んでいて、たまたま東京に立ち寄ったという心持ちで暮そうと心に決めるのです。（略）戦国時代にも旅したことがありましたし、むろん、御自分の町である江戸には長逗留しました。大正や昭和の東京の町も歩きました。戦後の東京だって、結構面白がって旅していたと私は思っています。

いま、池波さんは、私たちの誰もが知らない、住み心地のいい懐しい感じのする町に旅しているのだと私は思っています。池波さん、ゆっくりと楽しい旅を続けてください。」……

池波正太郎が、もっと長生きをしていたら、はたして、旅人として東京に住みつづけたか、あるいは近江に移住してしまったかは、各自の想像になろうが、しかし山口氏がいうように、現在の東京人が、旅人であることはたしかである。都市自身が、日々、違う町に生まれ変わってしまうからだ。わたしたち東京人は、この都市に、永遠のトランジットとして生きる存在なのである。二年後は、二度目の東京オリンピックだそうである……。

集英社文庫

鬼平梅安(おにへいばいあん) 江戸暮(えどぐ)らし

2018年6月30日 第1刷
2024年10月16日 第3刷

定価はカバーに表示してあります。

著　者　池波正太郎(いけなみしょうたろう)

発行者　樋口尚也

発行所　株式会社 集英社
東京都千代田区一ツ橋2-5-10　〒101-8050
電話　【編集部】03-3230-6095
【読者係】03-3230-6080
【販売部】03-3230-6393（書店専用）

印　刷　株式会社広済堂ネクスト

製　本　株式会社広済堂ネクスト

フォーマットデザイン　アリヤマデザインストア　　マークデザイン　居山浩二

ISBN978-4-08-745757-5 C0195